黑夜與白晝

Sanocon——著

目次

角色介紹

主要角色

本間雄太郎

知名畫家，六十五歲。心肌梗塞過世，留下遺書希望可以將他位於北海道安村町的產業改建為自己畫作的美術館，其中一定要收藏名為〈黑夜〉與〈白晝〉的兩幅連畫。

本間由樹子

本間雄太郎的妻子，六十二歲。與丈夫結褵三十四年，分居二十五年。是本間雄太郎在藝術大學的同學，原本也是畫家，後因罹患憂鬱症，帶著兒子返回娘家居住，多年來進出醫院。舊姓堂島。

本間誠一郎

本間雄太郎與由樹子的獨生子，三十二歲。一般上班族，對父親的繪畫與美術館沒有興趣。已婚，妻子名為香保子，無子女。

會川真人

藝術家，四十八歲。本間雄太郎的學生，以裝置藝術聞名，但近年已經幾乎沒有新作品。離婚，有一子。

穗坂遙香

插畫家，三十歲。因無意中入手本間雄太郎的〈黑夜〉，而被邀請至安村町的本間宅邸。未婚。

小波渡燈里

本間雄太郎的助手，約二十五至三十五歲。八年前開始擔任本間雄太郎的助手，自己似乎也是畫家。依照本間雄太郎的遺言，協助處理本間美術館的成立，並以發起人的名義邀請本間的妻子、兒子、學生，與擁有〈黑夜〉的穗坂前來安村町的本間宅邸。未婚。

其他角色

樋口將德

律師，五十四歲。協助處理本間雄太郎的遺囑所指定的事項，包含成立本間基金會，協助本間美術館建立，收購本間畫作等等。已婚，有一子一女。

飯田和久仁

日本畫家，六十三歲。本間雄太郎與由樹子在藝術大學時的同學，在日本畫的領域小有名氣，是畢業後最常與本間夫妻聯絡的人。已婚，有二子。

岡部勇

高中美術老師，六十二歲。本間雄太郎與由樹子在藝術大學時的同學，已從學校退休，多年未與本間夫妻聯絡，但本間雄太郎過世時曾來參加葬禮。已婚，無子女。

羽瀨川景子

家庭主婦，六十二歲。本間雄太郎與由樹子在藝術大學時的同學，結婚後放棄畫家志願，夫姓為今村。多年未與本間夫妻聯絡，但本間雄太郎過世時曾來參加葬禮。已婚，有一女。

寺田高志

本間誠一郎的小學同學。

萩原登

美術大學預備校教師，會川的同事。

永倉壽美

會川的藝術經紀人，永倉藝廊的代表。

八木原亞矢子
美術大學預備校學生。

井出義一
美術大學預備校學生。

市野匡平
北海道苫小牧警署的刑警。

三橋秀仁
北海道苫小牧警署的刑警。

一之瀨優奈
商品設計公司員工，穗坂遙香的友人。

穗坂千夏

上班族，穗坂遙香的妹妹。

01

走出機場，感受到室外的空氣時，我的第一個感想是，沒想到八月底的北海道氣溫比我想像的還要溫暖許多。近三十度的溫度，明亮的太陽高掛空中，但是吹向寬闊大地的風是舒爽怡人的，一望無際的景色二分為藍天與大地，一眼望去看不到盡頭的廣袤，是像我這種長年生活在狹小都會區的人從未體驗過的感受。

然而對現在的我來說，這陽光太過刺眼了。我低下頭，將遮陽用的漁夫帽稍微再拉低一點，拖著行李箱走向車站。

根據對方的指示和我查詢到的資訊，我得從這裡先搭車到南千歲站，在那裡換乘千歲線到沼之端，再換乘室蘭本線。北海道的電車路線並沒有那麼多，因此要抵達目的地就得多次換乘，且若要從機場抵達我要去的地方，得花上近兩個小時的時間。乘車時間超過我從東京飛來這座新千歲機場了。

以前聽朋友說過，北海道旅遊還是要開車比較方便，畢竟這個地方幅員廣大，大眾交通工具也不多。不過，多年沒有開車的我，終究還是提不起勇氣租車。

買了票，進入車站。還有一點時間，我拉著行李箱，找了一個位子坐下。已經過了中午時間，我除了上飛機以前吃了一個便利商店的飯糰以外，其餘什麼都沒吃。但我完全沒有感受到飢餓。或者該說，這兩天都是同樣的狀況。我看著月台上的小賣店，櫃檯上成排的便當無法引起我的食慾。算了，還是先別吃吧。

真不敢相信我真的過來了。我瞥了一眼放在腳邊的行李箱，想著放在裡頭的東西。我就是為了把那東西交出去才來北海道的。但是，真的沒問題嗎？我真的可以做到嗎？

昨天，我接到了那個人的電話，我一時慌張，告訴對方我願意賣畫。那個人隨即說：「我明白了，很感謝妳，穗坂小姐。雖然有點趕，可以請妳明天，也就是八月二十七日這一天過來這裡一趟嗎？當然，得請妳把畫帶過來。」

「要我把畫帶過去嗎？北海道？」我不禁愣住了。

「是的，很不好意思，得請妳走這一趟。」

「其實我也可以把畫寄過去……」

「穗坂小姐，若這幅畫是真跡，寄送過程難免會發生狀況，我們不希望傷害到真跡，所以還是希望請妳將畫帶過來比較保險。況且，我們也希望可以當面跟妳談談收購的事情。」對方不容質疑地說。

若這幅畫是真跡。這言下之意就是，也有偽作的可能性了？我當下明白了對方的意思，感到有些惶惶不安，胃部緊縮起來。但這幅畫應該是真跡，不可能不是。

約莫是因為我暫時沉默不語，對方開口問：「怎麼了，穗坂小姐？或者是不是妳明天不太方便？如果不方便的話，可以換個時間……」

「不，不是的。」我趕緊說：「我時間上沒問題，明天可以過去。只是……妳認為我手上的畫有可能不是真跡嗎？」

「是不是真跡，得親眼看到才知道。」對方沉穩地說，也沒有給我正面答覆：「目前可以鑑定本間老師作品的人都在北海道，因此才想請穗坂小姐過來一趟。」

我思索了一會兒：「我知道了，我明天會出發。」

「好的，謝謝妳的配合，穗坂小姐。」對方依然保持沉穩的聲調，聽不出來任何情緒反應。「請妳確定班機時間以後告訴我一聲，我再傳地址和過來這裡的交通方式給妳。」

掛上電話，我仍緊握著手機一會兒，過了一陣子鬆開手，發現手指關節都有些發白了。

就去北海道吧。反正我也有不得不離開東京的理由。我隨即訂了機票，二十四小時後，人已經在北海道的電車上了。

車窗外的風景一成不變，綠地，藍天，稀疏的建築物，農田，有時候會看見牛群。只是隨著時間過去，青白色的天空逐漸轉為靛藍色，那沉穩的色調讓我開始打起盹來。約莫是昨天晚上沒睡好，坐飛機也讓我緊張，隨著電車有韻律的搖擺，我的意識也逐漸變得模糊。

無夢的漆黑是我渴望的故鄉，原本以為或許我這一輩子都無法體驗這種安眠了……我忽然被一股刺鼻的味道驚醒。我猛地抬起頭，拚命喘氣，但眼前是尋常的電車風景，車廂內只有少數人或站或立，窗外的景色如水痕流過。

那味道是從哪裡來的？那簡直就像是……但是氣味隨即消失了。我大力深呼吸，進入鼻腔內的空氣只帶著些微的機油與空調的灰塵味，混雜著某人帶上電車的食物氣味。

就快到換乘車站了。我重振精神，提起行李箱站起身，步出車廂。

我在安村站下車時，已經是近傍晚的時間。安村站並不大，但並非無人車站，至少還可以看到一、兩個站務員在車站內走動。安村站周邊呈現出一般的小鎮風景，只是建築物沒有那麼密集，顯露出開闊的天際線。斜掛的太陽發出淡淡的橘色光線，將地平線盡頭染成一股紅紫，上方的藍色顯得更深沉，但仍帶著一抹透明的質感，彷如水彩畫的渲染效果般澄澈。

看著風景還會這麼想的自己，果然在某方面來說還是個畫家。我不禁苦澀地想。

我提著行李箱站在車站前，有些不知所措。對方說會在安村站前等我，但我左看右看，還是看不出來誰會是來接我的人。

這時候，我聽到左邊傳來聲音。

「穗坂小姐？穗坂遙香小姐？」那是個女性的聲音，跟電話中的聲音很相似。

我轉過頭，看見左前方的路邊停了一台白色的轎車，有個身材修長的女性站在敞開的駕駛座旁，她穿著寬鬆的七分袖白色上衣、黑色寬褲與黑色低跟包鞋，但她臉上掛著一只墨鏡，看不太清楚臉型。那女性關上車門，朝我走過來。

「妳是穗坂遙香小姐吧？」她說，嘴角露出笑容。

「呃……我……妳是小波渡小姐？」

「是，我是昨天跟妳聯絡的小波渡燈里，請多指教。」自稱小波渡燈里的女性落落大方地說。

我有些猶豫該不該拿下漁夫帽，但思索了一會兒之後，還是摘下帽子。「請多指教。」小波渡的身高比我略高一些，她看似直視我的臉，不過因為眼睛被墨鏡遮住，我也無法確定她在看哪裡。我不禁握緊了抓住漁夫帽的手。

她嘴邊始終掛著笑容。「不好意思，妳等很久了嗎？請上車。」

她主動拿過我的行李箱，領著我走向那輛白色轎車。她將我的行李箱放進後車廂，我也極自然地坐上副駕駛座。

上車後，小波渡拿下墨鏡，並將臉轉向我這邊時，我不禁驚訝得小小驚叫一聲，但隨即發現這樣子很沒禮貌，馬上摀住嘴。但當事人的小波渡卻露出溫和的笑容說：「沒關係，我已經習慣了。」

「對……對不起……是我太大驚小怪了。」

「沒什麼，妳的反應很正常。」小波渡輕鬆地說，接著發動引擎，車輛駛離車站旁。

難怪她會戴墨鏡，因為小波渡的眼睛顏色非常奇怪。但那該說是顏色嗎？還是說沒有顏色？我是第一次看到那樣的瞳孔，那是近乎白色的銀灰色，由於跟眼白的顏色幾乎融合在一起，如果不仔細看，會以為沒有瞳孔，就像是一直在翻白眼一樣，顯得相當詭異。

「瞳孔的顏色，真是特別……」

「這好像是隔代遺傳，」小波渡說：「我的外祖母是外國人，據說是從東歐那邊來的人吧，她的眼睛好像就是類似這樣的顏色，只是我的眼睛顏色還要再更淡一點。」

原來是因為有外國人的血統。仔細看小波渡專注開車的側面，她確實有著高挺鼻梁，大眼睛的深刻輪廓，若不是因為那雙眼睛顏色太特別，應該會是個引人注目的混血美人吧。

不過她說外祖母的眼睛好像是類似的顏色？

「因為我也沒見過那位外祖母，這些都是認識她或曾經見過她的人告訴我的。她好像很早就過世……還是失蹤了？總之我也不是很清楚狀況。」面對我的疑問，小波渡卻用稀鬆平常的口氣道出家族過往的祕辛，讓我不禁有種窺視別人祕密的罪惡感。

「穗坂小姐是第一次來北海道？」幸好小波渡很快就轉換了話題。

「是，我是第一次來，左右搞不清楚方向，還好我沒租車，否則一定會迷路的。」我老實說。

「北海道很寬闊，要是迷路了可不得了。」小波渡微笑著說。

「是，這裡真的很大。」我點頭：「不過，我們要去的地方離車站多遠？我看好像越來越往郊外走……」

該說是郊外嗎？但離開車站附近沒過多久，周遭便轉為一片田園風景，而且是持續了一段路都只能看到兩旁的牧場或是農地，幾乎沒有建築物，即使有，也只是矗立在農田中的溫室。小波渡駛著車子更往這片濃綠開去，此時夕陽已西沉，那一片如淡彩的橘光已被黑藍色天際壓制，黑夜猶如追趕著這台車子一般，逐步籠罩天穹。

「本間老師的宅邸大概離車站三十分鐘的車程吧，不算太遠……」小波渡說著輕笑一聲：「是對當地人來說不算太遠，但對都市人來說可能就不一定了。」

「原來如此。」

大概知道車程時間，我也稍微安心了。但是看這一路的景色，我不禁想，本間雄太郎的宅邸該不會是一座農舍？

「我想穗坂小姐也知道，大概十五年前，本間老師繼承了自己家族的牧場以後，就回到北海道來。他結束牧場的經營，在這片土地上蓋了一座宅邸和工作室，之後就一直在這裡生活了。」

我點頭。我想藝術界的人大概都知道這件事情吧。日本藝術界的奇才，享譽國際的知名畫家，本間雄太郎，雖然早早就享有國際知名度，他的畫作也常常在國際拍賣會上賣出驚人高價，但據說是個不世出的怪人。十五年前，他原本一直在北海道安村町經營牧場的父親去世，身為獨生子的本間雄太郎便繼承了這座牧場與土地，此後就一直在這裡生活。他在這段期間仍不斷產出數量驚人的畫作，世界各地也常常舉辦他的個展，但據說他卻是一步都沒有離開過北海道。

「本間老師一直都住在這裡，而且這座宅邸將來可是預定要成為美術館的，所以請安心，不會是什麼太糟糕的地方。」小波渡接著說。

糟糕，我的心聲是怎麼洩漏出去的？我緊張地斜眼看了小波渡一眼，她沒什麼表情，那雙沒有顏色的眼瞳只是望著前方，燈光反映出淡淡的黃色。

「嗯……嗯，抱歉……」

「不需要道歉，穗坂小姐，」小波渡發出輕笑：「妳真是老實。」

一直都有人這麼說。我也搞不清楚這到底是稱讚還是貶抑？

本間雄太郎在約莫半年前過世。我是從新聞上看到這個消息，據說是心肌梗塞，很突然地發作，送至醫院沒過多久就過世了。看到這則新聞時，我不禁想起了行李箱內的那幅畫。但我卻沒想過，半年後卻會是以這種形式造訪本間雄太郎在北海道安村町的宅邸。

車行時間確實如小波渡所說，約莫三十分鐘左右。在已經為夜幕籠罩的一片漆黑道路上，依靠著車子的燈光踽踽向前，灰色的道路與暗綠的景色盡頭，微微浮現出一道黃黃白白的剪影，宛如漂蕩在黑夜海洋上的船隻。越是靠近，我才發現那是一棟房子，一棟白色的，巨大的房子。

彷彿憑空從黑暗中冒出來一般的房子，讓我不禁睜大眼睛。小波渡打了方向盤，在一條路上左轉，進入這片屬於本間雄太郎的產業。暗夜中冒出一叢叢的樹林，而我的眼睛還是只能牢牢定在那棟房子上，因為在這一片綠地草原中，這棟房子的存在實在是太特異了。

小波渡將車子停在房子前的空地上。另外還有兩台轎車，下車時我看了一下車牌，都是出租車。難道還有其他客人？小波渡幫我將行李箱拿下車，領著我一起走向那棟可以被稱為宅邸的房子。

這棟房子通體是白色的，從外觀看來有三層樓，正門做成仿希臘式建築樣式，兩根白色的希臘柱子聳立。雙開門、陽臺、牆壁上的雕花等做得細緻而宏偉，整體風格與氣氛都宛如西洋美術館。看來十五年前本間雄太郎在蓋建這座宅邸時，就已經預想將來要作為美術館了吧。

正面的長方形建築雖以白色系為主，顯得低調，但仔細一看柱子、門廊、窗框，都做了細膩的裝飾，這個門面相當有魄力。而從中央正面建築的左右則延伸出兩棟建築物，分別朝斜後方展開。這左右棟的建築也是長方形，同樣外觀是白色系，也是有陽臺的西式風格，但裝飾上顯得較為樸素。

這猝然出現在一片林地間，形狀宛如兩翼展開的白色建築物，正低調地展示著自己的存在感。

小波渡並沒有從正門進入，而是走到右翼側邊的建築物，掏出鑰匙打開其中一道門。

「請進。」

門後是一個尋常的玄關空間，門旁就是一個往上的樓梯，另一側連接一條走廊，但那走廊昏暗，只有些微昏黃的燈光映照。

「請先上樓。」小波渡解釋道：「一、二樓是公共空間，就是以後預定要作為美術館的地方。三樓才是居住空間，所以我們先上樓吧。」

我跟著小波渡走上樓梯，在三樓處脫下鞋子，進入她所說的居住空間。這確實是一個居住空間，相較於外觀的西式風格，這個三樓內部的裝潢卻有著和式風情。木頭地板，拉門隔間，擺飾與家具也以木製品居多，光是看這內部裝潢，可能會以為這是普通的獨棟房子吧。

小波渡帶著我走過一間起居室，我看到有兩個男人在裡面，但兩人分坐相隔甚遠的沙發上，並沒有交談等互動。看起來較年輕的男人在看著手機，另一個年紀較大的男人手拿筆記本與鉛筆，難道是在素描？

我正感到好奇時，起居室內的兩個男人也聽到了我們的腳步聲，紛紛轉過臉來。

「燈里小姐，妳回來了。這位是？」年輕男人率先開口，眼神飄向我，我不禁轉開視線。但又覺得這樣太沒禮貌，便硬是轉過臉，朝那個年輕男人點個頭。

「這位是穗坂遙香小姐，」小波渡說：「她今晚起也會待在這裡。」

「喔，是嗎？」年輕男人一手摸著下巴，不住地打量著我。他的眼神並沒有什麼下流的意思，似乎只是好奇。但是這好奇心讓我感到不太舒適。

「穗坂遙香？是那位插畫家的穗坂遙香吧？」年紀較大的男人站起身，朝我走過來。

「咦？呃……是的……」我嚇了一跳，不禁倒退一步。他竟然知道？

「是的，這位就是插畫家的穗坂遙香小姐，擁有〈黑夜〉的那一位……」小波渡說，語尾曖昧地消融，但卻引起在場兩個男人驚愕的情緒，他們都瞪大眼睛看著我。

「原來如此，這麼說〈黑夜〉也來了，那麼就到齊了……」年輕男人喃喃地說。

到齊？這是什麼意思？

但小波渡並沒有解釋什麼，只是向我介紹這兩個男人。「穗坂小姐，這位是本間老師的兒子，本間誠一郎先生。」年輕男人朝我輕輕點頭。接著是，「這位是本間老師的學生，藝術家會川真人先生。」

會川真人是我也聽過的藝術家，我知道他曾是本間雄太郎的學生，後來以裝置藝術聞名，但是總覺得好像近幾年都沒聽到他有什麼作品展出了？

會川露出苦笑說：「別用這種方式介紹我了，燈里小姐，都幾年沒作品了，哪還能被稱作藝術家？我跟穗坂小姐這種當紅的插畫家可不一樣。」

我反射性地開口：「不……其實最近也……」

「沒想到擁有〈黑夜〉的是穗坂小姐，」但會川並沒有在意我如何回應，逕自繼續說：「這也是妳說的神奇力量嗎？同類相聚？」

「我也不清楚。」小波渡冷靜地說：「我先帶穗坂小姐去房間，晚點準備晚餐，要請兩位多等一下了。」

兩人都沒有異議，紛紛轉身回去起居間，只是總感覺會川離開時多看了我一兩眼，我緊張地吞了口口水，快步跟上小波渡。

小波渡帶著我穿過走廊，經過一個轉角，走向側翼的建築物。走廊的左側是幾扇門，右側是一排窗戶，可看到外面沉浸在黑暗中的樹林，與遠方橫亙於大地盡頭的山影。小波渡推開走廊上的第三扇門，打開燈。

「穗坂小姐，這裡是妳的房間，請進。」

這是一個乾淨舒適的房間，一張雙人床，床邊桌和檯燈，書桌和椅子，面對入口的落地窗外是一個陽臺。令我驚訝的是，這房間的裝潢擺飾等風格都很像旅館房間，我看到甚至有浴室。

約莫是我的眼神透漏了內心所想，小波渡開口解釋：「蓋建這棟宅邸時，本間老師就預想將來要改為美術館和民宿，所以三樓的居住空間，尤其是位於側翼的這幾間房間，都做成附浴室的旅館風格。」

「原來是這樣。」

「穗坂小姐，請妳先休息一下，等晚餐準備好了會來請妳過去用餐。」

「好，謝謝妳，小波渡小姐。」

她莞爾一笑。笑臉很美，但那雙沒有顏色的眼睛還是有點詭異。「不用這麼客氣，妳可以叫我燈里。」

「呃……好的，燈里小姐。我……沒事，謝謝。」

小波渡離開，關上門後，我鬆了一口氣，全身癱軟地坐在富彈性的床上。應該沒問題吧？我可以感覺到身體在微微發抖。眼角掃視到這個房間內有水壺與杯子，我趕緊倒了一杯水，囫圇吞下。冰涼的液體落入喉間，卻彷彿被體內的黑洞給吸走一般，沒有留下一點回聲。我又再吞了幾口水，才終於感覺逐漸冷靜下來。

我看向放在門邊的行李箱。那裡面的畫作。我今天來，就是為了把這幅畫交出去的，只要達成這個目的就可以了，我告訴自己。我拖著疲憊的腳步，過去將行李箱打開。在亂成一團的衣物與隨身用品的中間，包覆著一個長方形的物體，外頭裹著層層氣泡紙與包裝紙。當初包裹時有些匆忙，貼得有點醜，但我想應該不至於傷害到畫作。

我將這幅大小是五十三乘以四十五公分左右尺寸的畫作包裹拿出來，原本想是不是要拆開包裝，但還是覺得算了，等明天要交給小波渡時再打開吧。我現在不想看。

但是，我不會忘記三年前在那個藝術市集上看見這幅〈黑夜〉時的震撼。畫面與構圖深深地吸引了我，視線不禁盯牢著，彷彿我再也無法憑自己的意志移開。好像本間雄太郎的風格，我當時才這麼想，那個人就說，這是本間雄太郎的真跡。

原來如此，真跡果然不同凡響。

我將未拆開包裝的畫作放在牆角，再轉身整理行李箱內的物品。離開時太過匆忙，我隨手亂塞，導致衣服都被壓得皺巴巴的。我把容易皺的襯衫、褲子、洋裝拿出來攤平，掛在小小的衣櫃裡，其餘較不怕皺的衣物和內衣則重新摺好。

我走進浴室，發現這浴室裝設的是一般旅館常見的一體成形浴缸，旁邊是洗手台和馬桶，裝備簡單，但空間意外地大。面對洗手台前的鏡子，我發現自己看起來真是糟透了。

因為睡眠不足而一臉浮腫，黑眼圈明顯。身上的粉色T恤皺巴巴的，我趕緊拉一拉，試圖撫平。看著那一頭及肩黑髮，我不禁有些懊惱，三個月前不該貪圖方便而將頭髮剪短的。但事到如今，再懊悔也沒有用。

我洗了把臉，原本考慮要不要重新上妝，至少用粉底蓋掉黑眼圈，但想想還是作罷。或許我這副憔悴的模樣正剛好。走出浴室，我發現房間內並沒有電視，但是有WiFi，於是我拿出手機，連線以後開始搜尋新聞，並拿出充電器來充電。

這座美術館預定地比我想像中還要大而宏偉，更沒想到其中還有將來可作為民宿的居住空間。只是，我剛才遇到的兩個人，本間雄太郎的獨生子誠一郎，還有他的學生會川真人，為什麼也在這裡？而且他們似乎也是住在這棟宅邸內。

小波渡燈里是本間雄太郎的助理，她住在這裡，且協助美術館的成立，是理所當然的事情。但是他的兒子與學生……他們聚集在這裡有什麼目的？除了他們兩人，還有其他人也在這宅邸裡嗎？

約莫半個多鐘頭後，小波渡來通知晚餐準備好了，在中央棟的餐廳，我終於見到了在這宅邸裡的所有人。

其實也只多了一個人，本間雄太郎的妻子，本間由樹子。

晚餐是小波渡準備的，並不算多麼豐盛，但是非常好吃。馬鈴薯燉肉口味樸實，卻有一種家鄉味，涼拌菠菜鮮甜，味噌湯雖然與我習慣的口味不同，但是鹹鮮味剛剛好，非常溫暖。已經超過十二小時沒有進食的我，也意外地很享受這些餐點。真的覺得不管發生了什麼事，人的身體還是會飢餓，還是需要食物的。

眾人雖然坐在同一張餐桌上，但都默默進食，幾乎沒有交談。我想可能是因為除了那對母子是有血緣關係的親人以外，其他人都不太熟識吧。但誠一郎與母親由樹子之間也感覺很生疏，不太有互動。

由樹子是個瘦小的婦人，穿著一身淺色印花洋裝，已灰白的頭髮剪短，化淡妝，身上耳環、項鍊、戒指等女性常見的打扮一應俱全。基本上若不是她的眼神略顯呆滯，看起來就像是一個保養得宜的貴婦人。雖然下垂的眼角和臉頰，額頭與脖子的皺紋皆顯現出老態，但她細緻的五官讓人知道年輕時應該是個美人。

我聽說由樹子已經與丈夫分居多年。她和本間雄太郎以前是藝術大學時的同學，也曾經是被稱為才女的畫家，但已多年沒有作畫。據傳是因為她罹患憂鬱症，反覆進出醫院治療。

坐在她旁邊的誠一郎年約三十出頭，方頭大耳的模樣頗有父親雄一郎的影子，但五官卻遺傳到母親，有細長眼、小鼻頭、小嘴巴，雖然細緻但卻顯得有些不協調。他是雄太郎與由樹子的獨生子，但有一對畫家雙親，本人卻對藝術一點興趣也沒有。從席間談話知道，誠一郎在京都的商社工作，與妻子香保子才剛新婚一年。

我唯一比較知道的是會川真人，但如他自己所說，原本以裝置藝術出名的會川，這幾年已經幾乎沒有發表作品了。他大約近五十歲，一頭摻些白絲的短髮，下巴留著一點鬍渣，穿黑色長袖T恤、深灰色長褲，很瘦，一臉不健康的蠟黃色。

已分居多年的妻子，在京都工作的獨生子，在東京發展事業的學生，一直到過世前都在身邊幫忙的助理……感覺我似乎是最不相干的外人。但本間雄太郎在半年前過世，該處理的事情應該都處理得差不多了，他的家人和學生又是為什麼而聚集在這裡？

但沒有一個人給我任何解釋，用完晚餐後，除了小波渡以外的三人都匆忙離開餐廳，各自回去自己的房間裡。

我趁著幫小波渡收拾餐具時問：「燈里小姐，請問〈黑夜〉的事情……」

「現在也晚了，明天幫忙成立基金會和美術館的樋口律師也會過來，我們再來談〈黑夜〉的事情吧。」她平靜地說。

「呃……好。」

結果還是不了了之，我也不敢再問太多，免得對方起疑。我帶著惶惶不安的心情回到房間，胡亂洗個澡，躺在床上，眼睛不敢多看被我放在牆角的畫作。我以為我又會失眠，但或許是身體太累了，沒過多久就入睡，直到我又被那一股刺鼻的氣味驚醒。

黑暗中，我坐在床上喘著氣。但是一醒來，就感覺那氣味又消失了。我抱著發抖的雙臂，不禁悲從中來。永遠只能這樣了嗎？但是在這一片黑夜中，沒有人可以回答我。

第二天，我終於見到了小波渡所說的樋口律師。這位律師的事務所和住處都在札幌，有事情要處理時，則是開一個多小時的車子到安村町的本間宅邸。

用完早餐後，其餘三人又是隨即不見蹤影，我跟著小波渡到二樓的會客室等待樋口律師。二樓的裝潢是西式風情，會客室內有一個真正的壁爐，我還是第一次看到這麼正統的歐式壁爐。那壁爐鑲嵌在會客室的一面牆上，保留了部分石頭的灰色，壁爐內整齊地堆疊著柴薪。現在天氣溫暖，還不到需要點燃壁爐的季節，但我不禁有些嚮往這樣的場景。

其餘的擺設也很歐風，造型與顏色各異的幾個沙發椅看似散亂地擺放著，但卻有著巧妙的平衡感。還有骨董木桌和木櫃，窗花裝飾檯燈，放著美術書籍的書櫃。白色牆壁上掛著幾幅本間雄太郎的畫作，但小波渡說不是真跡，是複製畫。

「真跡都放在倉庫內和展覽空間，會客室是會有許多人進出的地方，不太適合放真跡。」小波渡這麼解釋。

她今天穿一身素色的寬鬆衣褲，黑色長髮一絲不苟地綁在腦後。我還是不習慣她那雙顏色特異的眼睛，總覺得不太知道她到底在看哪裡。

過了九點半，樋口律師終於出現了。樋口將德看來約莫五十多歲，有一張親切的圓臉，還算茂盛的頭髮以髮膠牢牢固定在頭頂上，身穿低調的深灰色西裝。他先將一些文件交給小波渡，兩人討論了一些跟美術館有關的話題後，才轉向我。

「不好意思讓妳久等了，穗坂小姐，謝謝妳特地將畫帶來北海道。」樋口很慎重地說。

「不，沒什麼……畫的事情……」

「我可以先看看畫嗎？」樋口隨即說。

「好的。」我拿出事先從房間拿出來的畫作，小波渡拿來一把剪刀，慎重地拆開外層的包裝與氣泡紙。

掀開的一瞬間，彷彿一道深色的暗流洩出來一般。那是一幅小尺寸的畫作，但背景濃烈的黑卻猶如凝縮了這世界所有的闇夜，深遠如一個無底洞。

「這個……實際上看到，確實是一幅傑出的畫作，可是……」樋口點點頭，但有些不安地看向小波渡：「燈里小姐，妳怎麼看？」

小波渡凝視著〈黑夜〉，她真的在看著這幅畫嗎？我看不出她瞳孔的動向，只知道她似乎一直望著畫作。我不禁吞了一口口水。

「看起來不錯，但我想還需要其他人的判斷。」小波渡終於抬起臉：「樋口律師，請你先拍照，我晚點也會請會川先生看一下。」

「好。」樋口將畫作放在陽光充足的窗前，用手機拍了幾張照片，接著又說：「如果這張〈黑夜〉是真跡的話，那就都到齊了呢。」

「到齊？」我忍不住問。昨天晚上也聽到誠一郎說過類似的話，這到底是什麼意思？

「抱歉抱歉，穗坂小姐，我們還沒跟妳說明這件事情。」樋口露出略帶歉意的卑微笑容，請我在靠近壁爐的沙發坐下。小波渡暫時離開會客室，說要去準備熱茶。

「穗坂小姐，妳應該知道，本間雄太郎先生在半年前過世。他走得很突然，但遺囑早就已經立好了。」樋口口齒流利地開始說明：「他的遺囑是，將這棟宅邸改建為美術館，以收藏他過去的畫作為主，並在固定時間開放參觀，三樓的居住空間……就是妳昨晚住的地方，也會在固定時間作為民宿讓客人居住。」

「這裡收藏的都是本間老師的畫作嗎？可是我聽說他的作品雖然數量很大，但很多都已經高價賣出去了……」

「確實如此，雖然有不少作品已經賣出去了，但本間先生其實還有許多沒有賣出去，甚至可以說是沒有發表的作品，光是這些作品的數量就已經足夠成立一座美術館了。至於已經賣出的畫作，本間先生是認為不需要強求，若有緣分，那些畫自然會回到這裡。」樋口暫停了一會兒：「但只有兩幅畫例外。本間先生在遺囑中強烈要求，美術館一定要收藏這兩幅畫。」

「這兩幅畫是……」

我的頭頂斜後方傳來聲音：「穗坂小姐，妳知道〈黑夜〉其實是兩幅連畫的其中一幅吧？」

我微微轉頭，看見小波渡手中拿著一個木質托盤，上面放著瑋緻活的茶壺與三個茶杯。

「是，還有另一幅畫，據說是跟〈黑夜〉同一套的連畫，叫做〈白晝〉……」

小波渡將托盤放在桌上，替我們三人倒紅茶。

「本間老師希望將這兩幅〈黑夜〉與〈白晝〉當作美術館的鎮館之寶，而且要等這兩幅畫都收齊了，美術館才能開放。」

「欸？」我不禁瞠目結舌地看著眼前的兩個人。

「美術館已經準備半年，其實差不多可以開放了，但因為一直還沒找到〈黑夜〉，所以才拖到現在……」樋口說，朝著我點點頭：「穗坂小姐，很感謝妳將〈黑夜〉帶來這裡，雖然還需要一點時間做鑑定，但總算是離美術館開放更進一步了。」

我知道本間雄太郎的〈黑夜〉與〈白晝〉是兩套一組的連畫，雖然同樣都具有引人注目的本間風格，但若是論藝術上的評價，還有其他畫作更受讚譽。為什麼本間雄太郎要將這兩幅畫當作鎮館之寶？

「你們剛才說的到齊，是指現在只缺〈黑夜〉了？所以已經取得〈白晝〉了嗎？」

樋口與小波渡互看一眼，由小波渡開口回答：「我們一開始就取得〈白晝〉了，因為〈白晝〉一直放在本間老師的妻子由樹子女士那裡。她在知道老師的遺囑內容以後，就將〈白晝〉送到這裡來了。但是〈黑夜〉的狀況就比較曲折了……」

〈黑夜〉與〈白晝〉創作於約莫二十五年前，之後本間雄太郎與妻子分居，由樹子將〈白晝〉帶走，一直保存在她娘家的倉庫內，僅有開個展的時候會借出。而〈黑夜〉在十年前賣給一個企業家，只是不久之後這個企業家破產，他所收藏的藝術品都被拍賣，〈黑夜〉的下落不明，直到三年前，我在一個很普通的藝術市集上看到這幅畫。

當時我不敢相信本間雄太郎的真跡竟然會出現在這種小小的藝術市集內，而賣畫的人也不知道這是真跡，只以為是比較精緻的仿作。真是沒眼光。後來我以很便宜的價格買下這幅〈黑夜〉，而小波渡開給我的價格還比當初的價格高了近二十倍。

我想這幅〈黑夜〉若是拿去拍賣，應該可以賣得更高價。但我無法這麼做，況且還有本間雄太郎的遺言，交給小波渡和樋口，應該是最好的了。

「所以穗坂小姐，很感謝妳願意讓出〈黑夜〉。」樋口說，朝著我微微低下頭：「鑑定後若沒有問題，就可以付款了，之後會由燈里小姐協助處理這些事情。因為鑑定也需要時間，不好意思，要請妳在這裡多留幾天。」

「好……好的。」我有些慌張地也朝樋口行禮。

樋口後來再與小波渡討論一些事情之後就離開了，這位律師看來有許多事情要忙。小波渡收拾茶壺與杯子時，突然問我：「穗坂小姐，妳看過〈白晝〉嗎？」

「我在畫冊上看過。」我老實回答。

「想看真跡嗎？」

「欸？」

她拿起托盤，對我眨眨眼說：「本來就想帶妳參觀一下本間老師的工作室，剛好現在〈白晝〉也放在那裡。」

這誘惑實在是太大了。〈白晝〉曾經展出過幾次，但我都沒有機會親眼目睹。如今可以看到本間雄太郎的夢幻連畫〈黑夜〉與〈白晝〉並排放在一起，有哪個愛好藝術的人可以忍受得了？

小波渡拿著〈黑夜〉，帶我離開這座宅邸。令我訝異的是，本間雄太郎的工作室不在宅邸內，而是另一處像是別館的地方。昨天晚上抵達時已經是晚上，看不清楚，今天小波渡帶著我從後門走出去時，才發現宅邸後方的樹林間，隱藏了一座木造平房。

我們沿著進入樹林的小徑行走，這裡異常地安靜，雖然還是可以隱約聽見一些蟲鳴鳥叫，以及樹葉被風吹拂的沙沙聲，但除了這些大自然的聲響之外，沒有任何人工的聲音，我甚至覺得我們踩在落葉上的腳步聲都會破壞了這份寧靜。

那條散落著金黃色樹影的小徑盡頭，矗立著一座看似非常古老的木造平房。近看會發現外觀與屋頂應該是改建整修過，看起來還算結實，但無法隱藏外牆木板上的風霜痕跡。

「這棟平房可以說是本間老師的老家。」小波渡說著從褲子口袋內掏出鑰匙開門。「十五年前他父親去世，繼承這片產業後，老師就把舊的平房改建成工作室。其實他過世前幾年，大多數時間都是住在這裡的。」

入門之後是一個寬敞的土間，確實很像鄉下舊房子的格局。裡面是光滑的深色木頭地板，燻黑的柱子，棟樑交錯的屋頂，在這古老陳舊的氣氛中，夾雜著一些油畫的氣味。脫了鞋，踏上木地板後，我才發現這空間已全部打通，去除掉作為隔間的拉門，甚至可能也打掉了幾根不重要的柱子，讓整個空間變得非常寬闊，但卻塞滿了各種繪畫相關的工具與畫作。

放在櫃子裡的成排各式顏料，一罐罐的松節油、胡桃油、接手、凡尼斯，放在筆筒內的畫筆和刷子、成捆的畫布、可拼作畫框的細木條，全都是我非常熟悉的東西。我不覺興奮了起來，因為這熟悉的氣味與工具，因為想到這裡就是本間雄太郎平常作畫的地方。

有幾幅畫堆疊著靠牆放置，也有幾幅畫擺在畫架上。小波渡走過去，拿了一個畫架，接著將〈黑夜〉放在展開的畫架上。隔壁是另一幅構圖相似，但色調不同的畫。

「〈黑夜〉與〈白晝〉。」小波渡輕聲說。

我站在那裡，好一會兒說不出話來。

〈黑夜〉與〈白晝〉是兩幅連畫，構圖相似……不，如今對照一看，幾乎可以說是一模一樣，都是一名女性站在樹林前。女性的身影靠左，凝視著前方，她穿著暗紫色的洋裝，赤腳踩在泥土地上，仔細看，腳邊似乎有著像是石頭或是骨頭的東西，背後是一片雜亂的樹林。

〈黑夜〉的背景是暗色系，〈白晝〉則是亮色系，給人一種一幅畫是描繪夜晚，另一幅畫是描繪白日的感覺。雖然兩幅畫中的女性身姿與表情都一樣，但由於背景色調不同，〈黑夜〉的人物給人感覺陰沉了些，〈白晝〉的人物卻有一種明亮的清新感。

本間雄太郎以人物見長，尤其擅長描繪各種姿態的女性。他以畫筆細膩地描摹出每個女性的姿態與神情，雖然是走寫實風格，但卻總是能傳達出一股空靈的氛圍。他筆下的每一個女性都非常真實，但某一方面來說卻又飄渺得如同不存在這個世界上一般。

我以前在某個藝術展的場合，見過一位曾經當過本間雄太郎模特兒的女性。當然她本人非常美麗，但不知怎麼搞的，跟畫作比起來，本人卻顯得平凡許多，就好像本間雄太郎透過畫筆剔除了這個人身上的世俗特質，只留下最純粹的部分。

本間雄太郎的眼睛究竟看見了什麼呢？他將自己所見的景象帶來這個世界，而那些彷如憑空冒出，介於人與非人之物的人物或景觀，震撼了許多人的心靈。這兩幅畫雖然尺寸皆不大，但人物依然畫得細緻而寫實。我輪流望著〈黑夜〉與〈白晝〉中的兩個女性，她們看起來一模一樣，但一個彷彿嚴厲地瞪視著我，另一個卻像在對我微笑。

「真美呢。」小波渡站在我身邊說。

「是……是呀。」我有些結巴地開口：「不愧是本間老師。只是不知道他為什麼要畫兩張構圖一模一樣，但色調不同的畫？」

「我也不知道，沒聽老師說過。」小波渡回答。

「燈里小姐，妳認為這是真跡嗎？」

小波渡聳肩說：「現在我的想法不重要，還得要跟其他人討論才能判斷。不過，穗坂小姐，妳認為這是真跡吧？因為是真跡，妳當初才買下來的，不是嗎？」

「是……我覺得是真跡。」

「我想妳的眼光應該不會錯，只是真的很不好意思，我們必須要慎重點，因為最近這幾年，有一些本間老師的偽作被當作真跡，流傳在市場上。」

「偽作？」我不禁轉頭望向小波渡。

「妳不知道嗎？」小波渡的淡色眼睛直直看著我。

「不，我沒有聽說……」

「先別說這件事了，穗坂小姐，有關本間老師的遺囑，還有件事情沒有跟妳說。」小波渡突然說。

「什……什麼事？」我覺得口乾舌燥，緊張地看著小波渡。

「如樋口律師說的，本間老師希望在他過世後將宅邸改建為美術館，收藏他的畫作，然後其中一定要有〈黑夜〉與〈白晝〉這兩幅畫。」小波渡清晰地說。

我點頭。

「另外，他要求要在宅邸內舉辦一場跟〈黑夜〉和〈白晝〉有關的怪奇體驗座談會。」

「怪奇體……怪奇體驗？」她在說什麼？小波渡所說的話一字一句都清晰傳進我的耳

中，但我完全不懂是什麼意思，只是茫然地看著她。

「本間老師的畫作向來有神奇的力量，據說有時候會帶給觀賞者奇怪的體驗，其中和〈黑夜〉與〈白晝〉有關的傳聞最多。」小波渡停了一會兒，彷彿窺視般地看著我的臉：「穗坂小姐，妳有聽說過這些傳聞嗎？」

「多少聽過一些，但我一直覺得那只是都市傳說……」

「是這樣嗎？」小波渡沒有再深入說明，只是很明快地說：「明天晚上宅邸內會舉辦怪奇體驗座談會，穗坂小姐，我想邀請妳也參加這個座談會。」

「可……可是，我只是把畫帶過來而已……」

「穗坂小姐，」小波渡打斷我的話，靠近一步，我清楚看著她那幾乎沒有顏色的瞳孔，宛如一輪銀月。「妳也有怪奇體驗，不是嗎？」

「欸？」

我看到小波渡嘴角勾起的一絲微笑就後悔了，我不用照鏡子都知道自己的反應和神情太過愚蠢，早就洩漏了祕密。她到底是怎麼知道的？我張口想反駁，卻覺得喉頭一陣乾澀，發不出聲音。

「穗坂小姐，請妳明天晚上務必要出席。反正鑑定還需要一點時間，妳可以在這裡多住幾天。既然都要留下來了，不如就來參加座談會，確認一下那究竟是不是都市傳說。」她微微一笑，接著低頭看了看手錶：「喔，都快中午了，我們回去準備午餐吧。」

小波渡俐落地轉身離開，我愣了一會兒，也只能跌跌撞撞地跟著她窈窕的身影，走出平房。

我當然知道那不是都市傳說。

回到房間，我還是覺得很焦躁，冷靜不下來，就在這小小的空間內走來走去，繞著床邊與書桌間的走道轉。

被陰了。小波渡和樋口以鑑定需要時間為藉口，硬是把我留下來，就是為了讓我參加那個怪奇體驗座談會吧？而我的表現也太不鎮定，完完全全表達出我不僅知道那個傳說，甚至還親身體驗過。真是出奇不意的一招，完全看不出來小波渡是城府這麼深的人。

這下該怎麼辦？畫都已經帶過來了，但他們還沒有承諾要付款。難道我只能參加那個座談會了嗎？我得要在眾人面前說出我的體驗嗎？

我覺得煩躁不安，但又不想離開這個房間，遂走出落地窗，出去陽臺。陽臺位於建築物的正面，面對著我昨天進來的入口處。從三樓俯視，可以看到通往正門前的道路和停車場。停車場上停了兩台車，一台是小波渡使用的車，另一台是出租車，還有一台出租車不見了，不知道是誰離開了呢？

這件事情很快就有了答案，因為我看到穿著一身深色衣物的會川走在庭園的小徑上，手上拿著素描本。庭園鬱鬱蔥蔥，間或點綴著一些多彩的花朵，就我認得出來的就有玫瑰、向日葵、波斯菊等等。現在是八月底，還沒到九月，但幾棵楓樹已經開始發出少許紅黃色的葉子。大概是景色很美，所以他才出去庭園寫生吧。

即使會川說他已經多年沒有作品了，但看來他還是持續在作畫。跟我完全不一樣。我不禁心情黯淡了下來，轉身走回室內。

會川在宅邸內，那麼開出租車離開的就是誠一郎了。但我不覺得他會帶著母親一起出門，由樹子幾乎整天都待在房間內，看起來跟兒子也沒有太多互動。會川跟由樹子還算熟識，可是對話也很少，不過他跟誠一郎可能是在本間雄太郎過世後才第一次見面吧？

我忽然知道為什麼這一群平常幾乎沒有交集的人會聚集在這座宅邸了。他們都曾經有過與〈黑夜〉或〈白晝〉相關的怪奇體驗。原來如此，他們都是明天要出席座談會的人，否則無法解釋為什麼他們會在這個時間點出現在這裡。

小波渡說美術館一定要收藏〈黑夜〉與〈白晝〉，還要舉辦怪奇體驗座談會，都是出自本間雄太郎的遺囑，這都是真的嗎？不過誠一郎、由樹子和會川都乖乖出席了，可見得應該是真的。

我該怎麼做呢？為了將〈黑夜〉脫手，我反而被困在這裡了。但是這座被大自然包圍的宅邸，是這麼地遺世獨立，如果可以永遠躲在這個地方該有多好。我忽然可以理解為什麼本間雄太郎在他生命中最後的十五年不肯離開這裡了。

但是我該繼續留下來，參加那個座談會嗎？要離開很容易，我可以請誠一郎或會川開車載我去車站。但〈黑夜〉該怎麼辦？枉費我千里迢迢將畫帶來北海道，卻得空手離開，還是覺得有點不甘心。

就在我左思右想，卻還是猶豫不決的時候，又過了一天。可能是因為我什麼都沒說，所以被理所當然地認定會參加座談會。小波渡一早就告訴我，晚上九點在二樓的會客室集合。還有十二個小時的時間可以考慮離開，但是我除了在宅邸內閒晃，不時以手機查找新聞以外，依然什麼都沒做。

接近晚上九點，我戰戰兢兢地來到二樓，發現除了我以外，所有人都到齊了。誠一郎、由樹子和會川散坐在壁爐前的不同沙發上，小波渡正在倒茶。桌上擺著茶壺、茶杯，與一些餅乾等小點心，但大家似乎只喝茶，對這些點心毫無興趣。

我挑了張離其他人有一點距離，又不會太遠的椅子坐下時，會川轉過頭來朝我眨眨眼說：「我以為妳不會來呢。」

「呃……這個嘛……」我正支支吾吾，不知該如何回應時，小波渡走到壁爐前，發出清朗的聲音。

「既然穗坂小姐也來了，我們就開始吧。」她說著環看面前的四個人，但還是一樣，我看不出她的眼瞳究竟轉往哪個方向。

「依照本間老師的遺囑，在這棟宅邸內舉辦與〈黑夜〉和〈白晝〉相關的怪奇體驗座談會，請在場的各位分享自己的體驗。當然，不會平白無故就請各位分享的，本間老師也在遺囑中說明，會支付各位『相應』的代價。」

原來是有「代價」的。也難怪這些人都乖乖來出席，畢竟要在眾人面前承認自己有無法解釋的怪奇體驗，並不是件簡單的事情。不過想到或許這些人都跟我有同樣的體驗，我不禁稍微安心了點，也多少勾起了我的好奇心，不知道他們的體驗是什麼？

「那麼今天就請由樹子女士先開始。」小波渡說完，就離開壁爐前，在由樹子後方的椅子上坐下。

沉默了一會兒，由樹子才緩緩開口。在這座宅邸待了三天，我是第一次清楚聽到由樹子的聲音，比我想像中還要低沉些，雖然緩慢，但口條算清楚。她穿著灰色的洋裝，即使已是晚上九點，她仍一絲不苟地化了淡妝，戴上銀質耳環與項鍊。由樹子起初神色有點恍惚，但隨著開口訴說，她的表情與眼神明顯有了變化。這麼形容或許有點奇怪，但我覺得她好像終於「醒了」過來一般，臉色亮了起來，直視前方的雙眼彷彿在看著令人懷念的過去。

「我想我的體驗應該跟〈黑夜〉有關係，那是二十五年前的事情了，正是我先生剛完成

〈黑夜〉與〈白晝〉的時候……」

黑夜

我記得很清楚，那一年是一九九三年。你說我為什麼會記得？因為那一年還蠻熱鬧的，六月時是皇太子德仁親王與雅子妃的結婚典禮，整個上半年全日本都在追逐這件事情。但那一年同時也是經濟衰退得非常嚴重的一年。

泡沫經濟崩潰已經過去幾年了，還是不見任何起色。過去雄太郎因為得了幾個獎，畫作開始受到那些企業家與收藏家的青睞，高價賣出不少作品，我們的生活也過得頗為寬裕，可以在東京租下空間寬敞的住家與工作室，訂單也是一個接一個來，雄太郎每天埋首作畫，非常忙碌。

但是泡沫經濟崩潰後，訂單就越來越少了，就算作品能賣得出去，也不如以往高價。雖然雄太郎在海外的評價越來越好，前一年他還在法國辦了個展，但還是不得不說，那兩年我們的收入減少很多。雖然不至於少到要擔心生計的地步，但當時的我看不到經濟衰退的盡頭，只想著若是收入再減少下去該怎麼辦？

雖然現在回頭來看，當時是杞人憂天了，後來雄太郎的作品在海外找到更大的市場，有些畫作還在拍賣會上賣出驚人的高價。不過我哪知道會變成這樣？那時候只是每天都很焦慮不安，但雄太郎卻還是跟以前一樣，只是窩在工作室內拚命作畫，就好像完全不介意外面發生了什麼事。

或許，要像他這樣才能當個真正的藝術家吧。但是看著他這副不管世事的模樣，只是讓我越來越焦慮，我覺得未來暗無天日，看不到方向，為什麼我沒有辦法像他一樣有信心呢？他好像靈感源源不絕，永遠有東西可以畫，一直往前走，但我卻停留在原地，摸不清方向。

每天腦子裡都是這些念頭，我感到越來越疲憊，那一陣子我睡不太好，食量也減少許多，做菜也只是為了給那個只顧埋頭畫畫不會打理生活的人，還有剛上小學的誠一郎。但是，我作為一個妻子和母親，當時真的有盡好我的職責嗎？我也不知道。我只記得每天都在跟這股焦慮感奮戰，好像一不小心，就會被拉入那股黑暗中。對，就像那個體驗一樣。

那一天，應該是已經過了十月了吧，氣候開始轉冷，送誠一郎出門上學之後，我想著應該要拿出我們和孩子的冬季衣服來，但一直都渾身懶洋洋的，提不起勁。就這樣拖拖拉拉了一段時間，和久仁來了。

飯田和久仁是我們在藝術大學時的朋友。你知道他嗎？對，他是日本畫家，過去也是得過獎，在日本畫這塊領域頗負盛名。直到他來到門前，按了電鈴，我才想起來和久仁前幾天跟我聯絡，說他會過來一趟。

「由樹子，還好嗎？」一進門看到我的臉，和久仁就說。

「很好，我很好呀。」我趕緊這麼說。

他猶豫了一會兒，又開口：「那就好。本間在哪裡？」

「在工作室，一直都在工作室。」我說。

和久仁露出苦笑說：「也是。我去看看他吧。」

我與和久仁一起走向工作室。和久仁穿了一件藍染的和服上衣，搭配寬鬆的黑褲子，留長的頭髮在後腦勺紮個髮髻。他總是看來這麼特立獨行，卻又很有藝術風格，和服與和風造型也很能襯托他日本畫藝術家的身分。

我敲了敲工作室的門。「和久仁過來了。我開門了。」我說。

打開門，那凌亂堆著各種顏料、畫具、畫布的工作室內，只看到雄太郎痀僂著背，窩在一幅半完成的畫作前，拿著小筆細細地在描繪著一張女性的臉。雄太郎的作品都是以女性為主，他也常找女模特兒過來工作室，不過那天沒有模特兒，只有雄太郎獨自一人在作畫。

你說他也畫過我？唉，都這麼久以前的事情了，沒想到還有人記得。那是很早期的作品了，那個時候我們還沒結婚，不過他也就只畫過這麼一張而已。是呀，這張畫本來是由我收藏的，現在交給美術館了。

別提這種往事了。

那一陣子的雄太郎都像那個樣子，只是一直拚命作畫，什麼都不管，我跟和久仁已經進入工作室，站在他身後一段時間了，他才終於發現我們。他轉頭過來時，眼睛是一片迷濛的失焦狀態，望著我們一會兒，才終於露出一點神采。我每次看到他這種變換的時刻，都覺得有些不寒而慄。

「飯田，」雄太郎發出沙啞的聲音說：「你來啦。」

「本間，狀況還好吧？」和久仁說著，隨手拉了一張破舊的木椅坐下來。

雄太郎放下手中的畫筆與顏料盤，摸摸雜亂的頭髮，又摸摸臉頰不整齊的鬍渣說：「還能怎麼樣？我也只能像這樣一直畫而已。」

「由樹子很擔心喔，說今年狀況不好，賣得掉的作品變少了。」和久仁說：「不過我也是半斤八兩，以前隨便畫都有人買，現在那些買家一個一個減少，畫只是越積越多。」

「你也是這樣嗎？」雄太郎搖搖頭說：「景氣不好，沒辦法。」

和久仁環視四周說：「但我看你倒是畫了不少，比我上次來時多了很多呀。法國的個展怎麼樣？應該有賣掉幾幅吧？」

「賣是賣了，但又畫了不少。」

「真的，你呀，還是跟以前一樣，就是一直畫，真不知道那靈感從哪裡來的。」和久仁苦笑著說。

我替兩人倒了茶，對和久仁說：「本來年底有展覽的，還想說可以把他那些新的畫作展出來，找一些買家，但前兩天卻來聯絡說取消了，好像跟畫廊的財務狀況有關係……日子真是越來越難過了。」

「我這邊也差不多。」和久仁看著我說：「所以我要去藝術大學當兼任教師了。前兩年就有人來邀請我，但當時很忙，我拒絕了。現在倒是閒到巴不得人家請我過去。」

他又轉向雄太郎說：「怎麼樣，本間，你要不要也去藝術大學當教師？我記得你以前也曾經在藝術大學教過課。」

雄太郎沉思了一會兒，「我會考慮的。」

「好，如果你有需要的話，儘管跟我說，我可以幫你問問。」

就算是藝術大學的兼任教師，也是有不錯的收入，我稍微放了心，感激地看著和久仁。但重要的是雄太郎的意願，他在成名前雖然也在藝術大學教過書，但自從畫作能賣出高價後就不再做教學工作了，而他最近總是埋頭作畫，對畫畫以外的事物都心不在焉，不知道願不願意再度接受這樣的工作？

又聊了一會兒，和久仁忽然看向工作室的角落，他的目光就定在那兒，動也不動。「本間，那是……？」

我也順著他的眼光看過去。方才怎麼會沒看到呢？那個角落的畫架上排放著兩幅畫，尺寸都不大，雄太郎最近常畫大尺寸的作品，我已經很久沒看過他畫這麼小的尺寸了。但這兩幅畫排放在一起，卻像是一個漩渦一樣，自然而然就能將人們的眼光吸引過去。

「最近剛完成的，在等顏料乾。」雄太郎平淡地說。

彷彿被吸引一樣，和久仁站起身走過去。對，那正是剛完成的〈黑夜〉與〈白晝〉，構圖相同的兩幅畫，一幅暗色調，一幅亮色調，黑如最深的夜，白如最清的光。

「你為什麼要畫兩幅構圖一樣，但色調不同的畫？」和久仁問。

「為什麼……」雄太郎抬起雙手，搓揉了一下滿是鬍渣的臉頰。「我也不知道。只能說……好像感覺有什麼在呼喚我，要我這麼畫吧。」

「欸？」

「你在說什麼呀，老公。」

我及和久仁不約而同地發出疑問。我知道很多藝術家會說出類似這樣匪夷所思的話語，畢竟靈感這種東西確實很難向第三者說明清楚，我自己還是二十出頭的藝術大學學生時，也很喜歡這種充滿神祕感的說詞，但在我看到最近雄太郎作畫時的姿態與眼神時，聽到這樣的話只讓我全身打顫。

「是有很多藝術家說自己創作時像是被什麼東西附身一樣，但本間，你這樣一說就感覺不像在開玩笑。」和久仁試著擠出笑容。

「我確實沒在開玩笑。」雄太郎說，露出一個迷濛的微笑。

走出工作室後，和久仁壓低聲音對我說：「我從以前就覺得本間看到的世界好像跟一般人不一樣，不過我當時是認為很多有才華的藝術家都是這樣子的。可是今天看到他，確實覺得不尋常，就像妳說的一樣，他好像越來越活在一個跟我們不一樣的世界裡了。」

「最近變得越來越嚴重了，」我不禁向和久仁訴說：「他以前確實還蠻常整個人都沉浸在作畫裡，可是平時倒是很正常，最近卻覺得他有時候很像意識矇矓，不叫他吃飯、洗澡、睡覺，他就不會去做，我和誠一郎對他說話，他也只是隨口答應。」

「什麼時候開始變成這樣的？」

「去年底開始的吧。」我思索了一會兒：「去年年中他去法國開個展。因為要照顧誠一郎，我沒跟他一起去，但據說狀況蠻不錯的，也賣出了幾幅畫，漸漸開始有海外的訂單，只是不多。

「他回來之後沒多久，有一天我看他一個人呆呆坐在工作室內，就問他怎麼了。他開始跟我說起空難的事情。」

「空難？」

「嗯，」我點頭。「他說去年在法國準備個展時，剛好發生了一樁空難事件，有架飛機在降落時發生意外，撞到了山頂。他說他在電視上看到了事件的報導。」

「就這樣？」

「就這樣而已。又過了一段時間，他就漸漸只窩在工作室內，不太出門了。有時候還是會請模特兒過來，但之前有個合作過幾次的模特兒在離開時悄悄問我：『老師最近怎麼了嗎？』我問她發生什麼事了？那女孩說，以前雄太郎多少還會跟模特兒說一下話，但最近都不說話，只是直直地看著模特兒，那眼神也很奇怪，好像想要穿透人一樣。她說：『我不確定老師是在看我，還是在看著我身體裡的什麼東西。』」

可能是因為我露出泫然欲泣的表情吧，和久仁靠了過來，握住我的手。「沒事的，本間向來一投入作畫就是什麼都不管了，不是嗎？在我看來，他還算正常，你要好好支持他。」

「我已經不懂了……」

「本間是有才華的，光看剛才那兩幅連畫就知道了，這個世界會看到他的才能。有時候我還真是嫉妒他呀，能有這麼源源不絕的靈感。」

我抬頭看著和久仁。我羨慕他能如此直率地說出自己的嫉妒。那或許是對自己也有點自信的人才能如此坦白吧，因為和久仁也是能將繪畫作為職業，受到認同的日本畫家。跟我不一樣。

我抹去眼角的淚水，「不說這個了。都快中午了，我來準備午餐吧。和久仁，你今天要陪我吃飯。那個人都不出來吃飯，今天孩子也不在，怪寂寞的。」

「好，我知道了。」和久仁露出溫和的笑容。

與和久仁一起用完午餐後，我送他回去。再回到家時，已經近傍晚了。我看到玄關的鞋子，知道誠一郎已經到家了。

「小誠？」

「媽媽，妳去哪裡了？」誠一郎從房間探出頭來，「冰箱裡的布丁，我已經吃掉了喔。」

「沒關係，那本來就是幫你準備的點心。你在做什麼？」

「玩遊戲。」

我看到他手上拿了一台Game boy。這是我父親送的禮物，其實我不太喜歡讓孩子玩太多遊戲，但我父親疼外孫，總是會買最新的玩具送給誠一郎。

「作業呢？」

「做完了啦。」誠一郎有些不耐煩地說。大概是覺得自己有遵守規定，寫完作業以後再玩遊戲，所以不想要我再囉嗦吧。

「好，我去準備晚餐了。對了，你爸呢？」

誠一郎聳聳肩，注意力又回到遊戲機上。「我不知道，我回來的時候，他好像一直在工作室裡面。」

「是嗎？」

我走向廚房，打算要準備晚餐，途中經過工作室前面的走廊。工作室的門半遮半掩，我便探頭進去看一下，卻發現工作室內空無一人，雄太郎不在。而房間的中央放著一個畫架，畫架上是〈黑夜〉。

是的，只有〈黑夜〉，我沒有看到〈白晝〉。

那是什麼感覺呢？我到現在都還清晰地記得，但是不知道能不能形容得出來。就好像突然有一陣溫暖的潮水向我襲來，淹沒了我全身。但那並不是不舒服的感覺，反而覺得很舒適，讓人有點暈眩，有點懷念。

我不知道我說的你們聽不聽得懂，總之我回過神來，發現自己站在正舉辦祭典的神社前。

我站在紅色的鳥居下方，一座短短的台階上，一轉頭，看見通往神社的道路兩側皆是滿滿的攤位。夜幕低垂，掛在攤位前的燈光閃爍，黃白色的光照亮了黑夜。四周滿滿都是人，有不少人穿著浴衣，而多數人都穿著短袖的夏季衣裳。這些人男女老幼都有，他們悠閒地一邊走著，一邊看著各攤位的東西。傳來食物的香味。

這是怎麼一回事？我完全無法理解。我剛剛明明還在家裡呀，我一低頭，更是感到驚嚇，我竟然穿著一身粉紅色的浴衣，鞋帶是紅色的木屐，手臂上也掛著粉紅色的小布袋。我對這件浴衣有印象，淡粉底色，櫻花的紋樣，這是我二十歲的時候母親幫我買的浴衣，但因為顏色跟樣式很少女，已經好幾年都沒穿了，現在應該收在老家才對。

等等，我對這神社祭典的場景好像也有點印象。這神社並不大，穿越過這紅色鳥居後就是一小段通往神社的道路，因此攤位其實不多，只有道路兩側與神社前的廣場可以擺攤位。

我想起來了，這是以前我念的藝術大學附近一間小神社舉辦的祭典。這神社每年夏天都會舉辦這個小小的祭典，附近的居民與藝術大學學生都會來湊熱鬧。當然我也跟朋友來過幾次，可是為什麼？為什麼現在我會在這裡？而且還穿著二十歲女孩才會穿的粉紅色浴衣，這叫我這個已經三十多歲的歐巴桑覺得羞恥到極點。

就算四周沒有一個人看著我，我也不想穿著這一身衣服待在這裡，我覺得臉頰發燙，趕緊轉身想要走下階梯，卻看見和久仁就站在階梯下方，抬頭看著我說：「由樹子，妳已經先到了呀？」

我一時之間愣住了，因為我眼前的飯田和久仁，不是現在的和久仁，而是近二十年前的和久仁。當時他的頭髮還沒這麼長，臉頰光滑，穿著陣平上衣，下身卻是牛仔褲與夾腳拖鞋，如此不協調的裝扮，擺在他身上卻是一派瀟灑。這是念藝術大學時期的和久仁。

「和久仁……」

「抱歉讓你久等了，出門前被室友拖住了。」他跳了兩三步，走上台階，對著我微笑：「走吧，其他人搞不好都到了。」

我逐漸放棄思考。眼前的一切是這麼的不真實，但卻又與我浮現的記憶符合，就像鏡頭逐漸對焦一樣，原本模糊不清，意義不明的一切開始變得清晰了來。啊，我回到了過去，回到近二十年前，我還在念藝術大學的時光。

那是我一生中最快樂的時光。

「走吧，由樹子。」和久仁笑吟吟地對我說。

我挽住他伸出的手臂，一起穿越過鳥居，走入神社境內。

這個祭典雖小，但非常熱鬧，雖然道路上相當擁擠，但我們幾乎是一下子就發現其他朋友了。雄太郎，還有另外兩個要好的同學，岡部勇和羽瀨川景子。是年輕時的岡部和景子！畢業以後，我就跟這兩人漸行漸遠，但沒想到半年前雄太郎過世時，除了和久仁以外，這兩人都出席了雄太郎的葬禮。面對許久不見的岡部和景子，我嚇了一跳，因為再見時我們彼此都一下老了三十多歲，歲月在臉上與眼中留下痕跡。

而當時的我也已經一段時間沒有與岡部和景子聯絡，因此看到二十歲的他們，我不禁熱淚盈眶。

「由樹子！飯田！你們可終於到了。」景子朝我揮揮手，「你們再不來，岡部就要把所有攤位都吃遍了！」

她笑容滿面，而且雖然責怪岡部吃太多，但自己的嘴角也沾著炒麵醬汁。景子一頭俐落的短髮，身穿沾著油畫顏料的白色T恤與緊身牛仔褲，感覺好像有點隨便，但是非常帥氣。

我以前總是很羨慕景子這種坦率又自然的風格。

「沒關係，我還可以再吃一輪，哈哈哈！」岡部豪爽地笑道。

這個大個頭的男人穿著背心與及膝短褲，身材健壯，聲音也跟他的體型一樣大。雄太郎站在這兩個活潑的人中間，顯得沉靜。當年的他稍微年長我們幾歲，因為他重考藝術大學三次，這些經歷也讓他比我們更成熟一點。

雄太郎微笑地看著兩個吵鬧的友人，瘦削的臉頰有一股神祕的氣質。當時大家都公認雄太郎是我們那一屆最有才華的學生，他富有創意，令人驚喜的畫作，還有雲淡風輕的姿態，都在在吸引了我。

我及和久仁加入之後，五人便一起逛各式攤位。岡部不停地吃各種食物，炒麵、章魚燒、烤肉串、烤魷魚，連蘋果糖、棉花糖這種甜點也不放過。景子一會兒和岡部搶食物，一會兒拉著雄太郎一起去玩打靶。雄太郎跟和久仁都打下一些絨毛玩偶，分送給我和景子。

經過撈金魚的攤位時，我發現雄太郎很專注地看著在水缸中的金魚。

「你想要撈金魚嗎？」我問。

「不用了，我也照顧不來。」雄太郎微笑地說：「我只是覺得金魚的顏色很美。」

「新作的靈感？」

「或許吧。」

「怎麼了？本間想撈金魚嗎？」和久仁湊過來說。

「沒有，撈到了還要照顧，很麻煩的。」

「可惜不能吃呀。」岡部摸摸下巴，用很認真的眼神看著成群金魚。

「你什麼都只想到吃嗎？」景子抬手敲了岡部的頭一記。

大家一陣哄笑，雄太郎也難得地張嘴笑了。

真是懷念。那時候大家都很年輕，都相信自己有才能，有未來，平時不是聊著彼此對藝術的理念與夢想，就是像這樣漫無邊際地打打鬧鬧。即使當時的我們什麼都還沒有達成，還是覺得很快樂。

我們五人中，我和景子、雄太郎是油畫科，和久仁是日本畫科，岡部是雕刻科。就算在當時說了無數的理想與大話，到最後能以藝術為工作的人只有雄太郎及和久仁。岡部在畢業後掙扎了一段時間，後來因為結婚了，必須要有固定的工作及收入，便去高中當美術教師，就這樣一直做到了退休。

景子畢業後甚至連企圖嘗試都沒有，就去了一家與美術或藝術完全無關的企業上班，然後在我與雄太郎結婚的不久之前，她也與同公司的同事結婚了。她自己告訴我，結婚之後就再也沒有提起過畫筆了。

而我呢，好歹也是嘗試過要以藝術為生，但經過幾年的努力都沒有結果之後，我與雄太郎結婚，生了孩子以後就再也沒有創作了。

藝術這一條路並不好走，就連在日本畫界受到認同的和久仁，也是靠著一邊在藝術大學兼職教書，一邊作畫，才能維持還不錯的生活。到頭來，唯一名利雙收的只有雄太郎。

但當時的我們什麼都不知道，只是開心地笑著、鬧著，覺得未來有無限寬廣的路。

然而現在呢？我不知道其他人如何，但以我來說，沒有一件事情是順利的。就算畫家的事業不順遂，但我在結婚後也是有心要成為一個好太太，好媽媽。不過那一陣子，我實在是失去信心了。因為經濟不景氣，雄太郎的藝術事業不再像以往那麼興盛，然而看到他仍一心一意投入創作的姿態，又讓只在意收入的我感到自慚形穢。

我覺得我永遠也追不上雄太郎及和久仁。我甚至追不上毅然決然放棄創作的岡部和景子。我只是卡在中間，不上不下，對創作有留戀，卻又提不起勇氣再度投入。

只有我一事無成。

回過神來，我發現我落後其他人一段距離。雄太郎，和久仁，景子和岡部走在我前面，我加快腳步想追上去，但不知怎麼搞的，卻覺得一直拉不近距離。我覺得腳步有些沉重，木屐的帶子陷入腳趾間，有些不舒服。即使如此，我還是拚命想追趕，但奇怪的是，我越是急著邁開腳步，他們卻離我越遠。

我看到景子回頭，對著我說：「由樹子……」

她的嘴巴一張一合，似乎還說了些什麼，但我什麼都聽不到。我被嘈雜的人聲與攤位店家的吆喝聲所包圍，遠方還傳來一些笛子與鼓的祭典樂聲，但景子的聲音完全無法傳進我的耳中。

「景子，妳說什麼？等等……」我慌忙開口。

但景子像是沒聽到一樣，又轉過臉，和岡部有說有笑。

和久仁及雄太郎也看了我一眼，和久仁似乎說了什麼，雄太郎只是微微一笑。但我一樣什麼都沒聽到，那兩人又別過臉去。

「和久仁！」我喊道：「雄太郎！」

但那四人自顧自地說話，笑鬧著，繼續往前走，再也沒有人回頭看我了。

我一個人被留了下來。

我聽不到他們的聲音，我的聲音也傳達不到他們那裡。我不覺停下腳步，看著他們的背影逐漸遠離。我無法追上那四個人，也不想再追了，就算追上去，也只是顯露出自己有多悲慘、渺小、無能與虛偽。

這不是什麼美好的回憶。不，回憶是美麗的，但正因為那美麗，更讓我覺得現在的自己汙穢不堪。我轉身離開朋友們，想要離開這熱鬧、歡樂的場所。我朝著那個紅色鳥居走去。

其實鳥居至神社前廣場的道路並不長，即使人群擁擠，我還是一下就走到了那座鳥居，下了那段階梯，我就可以離開神社境內了。但是當我走下階梯時，我卻愣住了。

奇怪了，方才我在這階梯前等待和久仁過來時，面對的應該是一般的道路，但現在我眼前卻是一條長長的通道，兩旁皆是攤位與燈光，而且同樣擠滿了人。這是怎麼一回事？

我回頭看，也是同樣兩旁皆是攤位與燈光的道路，再轉頭，又是同樣的景色。這座神社有這麼大嗎？而且這道路彷彿看不到盡頭般，燈光延伸至黑夜深處，凝結為一個模糊的小點。我戰戰兢兢地踏上眼前的道路，擠入逛祭典的人群中，試圖想要尋找出路。

走了一段路，前方似乎又出現了一座紅色鳥居。大概是終於走到盡頭了，我擠過摩肩擦踵的人群，快步走向鳥居，然而我又失望了。鳥居的對面還是一樣的風景，一條長長的，兩旁皆是攤位，也擠滿人群的道路。

我不知道走了幾條路，走過幾座鳥居，但這條路就像是沒有盡頭一樣，無限地往前延伸，而且道路兩旁同樣是一排排的攤位，也擠滿了享受祭典的人群。可是不知不覺間，我發現不管是攤位的人，還是路上的人，全都戴上了面具。

他們戴的是祭典上常見的幾種面具，狐狸、火男、多福、鬼面，每個人都嚴實地戴著，完全遮住臉孔。燈光是明亮的，氣氛非常熱鬧，周遭都是歡聲笑語和太鼓笛聲，但這些面具卻讓我覺得非常詭異，彷彿他們都不是人一樣。

而我試著向這些人搭話、問路，卻沒有人理我。攤位裡的人只會一直推銷自己賣的東西，路人則是彷彿沒有聽到我的聲音一般。我領悟到這是一個虛假的世界，是某種力量讓我看到的幻覺，就連那些昔日好友，也都只是我記憶中的影子而已。

我感到很沮喪，走了太多路，木屐的帶子磨破了腳，我再也走不動了。我靠著鳥居的柱子喘息，但是站在這兒往前看，往後看，依然看不到任何盡頭。我難道就要這樣被困在這裡了嗎？

我虛弱地蹲下來，眼淚在眼眶內打轉，我已經不知道該往哪個方向去了。

這個時候，一個影子籠罩在我的頭上，似乎是有人靠近我。我急忙抬頭一看，只見一個約莫十歲的小男孩站在我面前，以好奇的神情看著我。

「……誠一郎？」

乍看之下，我以為這孩子是我的兒子誠一郎，但仔細一看又覺得不是。雖然臉型頗像，但五官顯得更粗曠些，不像誠一郎那麼精緻。而且這孩子大概有十歲了吧，個頭還比七歲的誠一郎再高一些。

「你是……？」我後知後覺地發現了，這孩子竟然沒有戴面具。

「阿姨，妳怎麼了？」男孩問。

我看著他純真而好奇的眼睛，覺得好像抓住了一根救命稻草一般。「阿姨迷路了，不知道該怎麼回家。」

男孩想了想，朝我伸出手。「那我們一起走吧。」

我站起身，握住了男孩溫暖的手掌，慢慢拖著腳步，和他一起向前走。我們沿著面前的這一條道路走，擠入戴著面具的人群與燈光下，不知道怎麼搞的，我方才不管怎麼走都離不開這條道路，但和這孩子在一起，卻一下子就走到盡頭了。

我們穿過另一座紅色鳥居，而眼前不再是另一條充滿了攤位與人群的道路，竟是神社的本社。本社的周圍黯淡無光，紅色屋瓦與白牆的神社建築半沉浸在黑暗中。這裡悄無人煙，人群的喧鬧與太鼓笛聲落在背後，音韻遙遠地震動著。

我看了看四周圍，反而因為太過黑暗與安靜，不禁膽怯了起來。「這裡是？」

「走吧，我知道路。」男孩說著拉了拉我的手，帶我往神社建築的後方走去。

那裡更幽暗，繞過神社後，已經聽不到祭典的聲音了，只傳來微微的夏夜蟲鳴聲。神社後方是一片小樹林，男孩帶著我踏上進入樹林內的小徑。月光透過樹梢灑落在路徑上，讓我勉強可以辨識四周的景色，而這樹林比我想像中還要大，我們走了好一會兒，才終於走出來。

出了樹林，面對著一片開闊的空地，毫無視線遮蔽，月光映照出地上一片碧草如茵，星光爍亮。奇怪了，我記得這座神社很小的，確實神社建築後有一小片樹林，但附近應該沒有這麼大的空地才對。

「這裡是什麼地方？」我不禁問。

「就快到了。」男孩沒有正面回答，只是拉著我的手，繼續往前走。

由於這裡很空曠，幾乎沒有什麼物體或建築物當作指標，因此我搞不清楚方向，只能跟著男孩走。我們又走了一段路，終於看到前方地平線的彼端似乎綻放出一團光亮。

不，那不是日出的光線，我仔細一看，發現那是一棟白色的建築物，每一扇窗都發出昏黃的燈光。細節記得不是很清楚，但我想那是一棟大約有二、三層樓，長形的建築物，有點西洋建築的風格。我完全無法理解，為什麼這裡會憑空冒出一座這麼大的房子？

男孩帶著我走近這棟白色房子，然後在正門前停下腳步。他說：「到此為止了。」

「什麼？」

「不管如何渴求，這裡面的東西也不會是妳的。」

「欸？」這是什麼意思？

我疑惑地轉頭看向男孩，但這一看，卻讓我整個人寒毛直豎，全身顫抖。在我身邊的已經不是那個男孩了，而是一團黑色的東西。這黑色的東西甚至不具人形，猶如一團爛泥，還不斷有黑色的液體從底下流出。

我嚇得倒退好幾步，忍不住發出尖叫。而隨著我的叫聲，那黑色的東西突然整個潰散，噴出一堆如墨汁般烏黑的液體，向我襲來。我不禁抬起雙手遮住臉，閉上眼睛。

再睜開眼時，我發現自己站在工作室入口前的走廊上。我在家裡，誠一郎的房間隱隱傳來遊戲的音樂聲。我低頭看手錶，距離我剛回到家時，也不過是十分鐘。

我抬頭看向空無一人的工作室內，那幅〈黑夜〉依然放在畫架上。我頓時覺得，那漆黑一片的背景，猶如那團黑色爛泥。

這就是我的體驗。我一直沒有告訴任何人，直到現在。但還有一件事情，我也不知道該不該說。十五年前，我知道雄太郎繼承這片土地，並蓋了這棟宅邸，但我從來沒有來過這裡，直到半年前他過世的時候，我才第一次過來。

當我看到這座宅邸時，心裡不覺一驚，因為感覺好像我在那次體驗中看到的那棟白色建築物……

02

由樹子說完了她的體驗，但最後那幾句話卻讓眾人驚愕地睜大眼睛。

「媽，妳沒記錯吧？」誠一郎先開口：「妳當時看到的真的是這座宅邸？」

「我也不確定，」由樹子說著搖搖頭：「畢竟都是這麼久以前的事情了，很多細節也記得不是很清楚，只是覺得很像而已。」

「可能是錯覺吧？」會川說：「同樣都是白色建築，多少會感覺很類似。」

「說得也是。」由樹子溫順地點頭承認。

「如果真是同一棟房子的話，那也太誇張了吧。就好像是穿越時空，讓媽看到十多年後的場景一樣。沒有這種事吧？」

「就算〈黑夜〉真有什麼神奇的力量，我也覺得不可能做到這種事。」會川也認同。

由樹子沒有再說什麼，只是微微低下頭。我總覺得由樹子在述說她的體驗時，雙眼發光、表情豐富，但一說完之後，又回復到先前那兩眼無神、神情萎靡的狀態。就好像現在的她依然在那幻境裡，走在長長的、沒有盡頭的祭典道路上。

這麼一想，我不禁打了個寒顫。

「不過，那就是〈黑夜〉的幻境嗎？」會川說，一邊撫著下巴的鬍渣：「還真是特別呀，竟然會讓人看到過去的記憶。」

「媽看見的小男孩是誰？」誠一郎好奇地問。

「說長得像誠一郎，又不太像……該不會那就是本間老師？」會川回答。

「不過後來那男孩化為黑色爛泥了，所以應該不是我爸本人吧？」誠一郎說：「我倒覺得那男孩應該是〈黑夜〉的化身，只是藉由我爸的形象出現。」

「好像也有點道理。」

「這應該就是本間老師畫作的力量吧。」小波渡緩緩地開口：「這些畫作有時候就像是有自我意識一樣，會和靠近畫作的某些人產生共鳴，進而讓對方看見一些幻境。」

「某些人是哪些人？」會川問，犀利的眼神看向小波渡。

「我也不清楚。」小波渡輕描淡寫地說，接著她站起身，看了看掛在牆上的骨董鐘。

「已經接近十點半了，今天晚上的座談會就到這裡結束吧。辛苦各位了，請好好休息。明天休息一天，下一次的座談會就定在八月三十一日的晚上九點。」

第一次的座談會落幕。還有三個人，我得在這座宅邸待到什麼時候？我帶著惶惶不安的心情回到房間，好一段時間無法入睡。好不容易睡著後，夢裡都是祭典的燈光與樂聲，以及一條很長很長，沒有盡頭的道路。

用完早餐後，小波渡問我要不要參觀一下宅邸的一樓，我這才想起，我在這裡住了三、四天，只知道三樓的居住空間與二樓的會客室，完全沒有去過其他區域。

「一樓是美術館的預定空間，已經裝潢得差不多了，也放置了幾幅畫，我想帶穗坂小姐去看一下。」小波渡這麼說。

反正也沒其他事情好做，我便答應了。也正好可以轉換心情，我這樣告訴自己，昨晚由樹子所訴說的體驗仍殘留在我的腦海中。她的故事有點驚悚，又有點懷念，但卻彷彿讓人窺見了她心底的焦躁與汙穢般，有一種近似罪惡感的不快感。我也說不上來是怎麼一回事，只是希望可以儘快忘掉這種感覺。

小波渡帶著我從正門進入。穿過那扇白色雙開木門後，是一個半圓形的廳堂，中央挑高至二樓，拱形的白色天花板似乎也做了一些雕飾。左右各有一條走廊，正面則面對另一扇上方是玻璃的雙開門，可以隱約看到門後是一個寬敞的空間。

小波渡先帶我走入正面的玻璃雙開門，門後是方形的空間，白牆白地板，沒有多餘的裝飾，但牆上方已裝設了可吊畫作的軌道與燈飾，不過牆壁目前仍是一片空白，一幅作品也沒有。

面對著入口是一排玻璃格子的黑框落地門窗，可望見外頭庭園的景色。八月底北海道的風狂亂地搖擺著，陽光下的綠樹如翻飛的海浪。在這樣的空間內欣賞畫作，再望向庭園的綠意，感覺十分愜意。

「還沒有掛上作品呢。」

「還在準備中，因為這裡空間比較大，預定會放尺寸比較大的畫作。」小波渡回答：「不過其他有幾間房間已經有作品了，去看看吧。」

我們來到側邊的走廊，這裡分隔成數個大小不等的房間，同樣地，每個房間的牆上都已設置好吊畫作的軌道與燈飾，有些房間已經掛上零星的畫作。我隨著小波渡繞過兩、三個房間，眼花撩亂地看了幾幅本間雄太郎從未發表過的作品，深感震撼。

那個人窩在此窮鄉僻壤，鎮日埋首於作畫，他從未停下畫筆，只是不停地在空白的畫布上填滿顏料，彷彿他體內有源源不絕的色彩傾洩出來。為什麼本間雄太郎可以做到這件事呢？

畫布上那些不同姿態與神情的女性，以空虛而靈動的雙眼看著觀畫者，她們美得不像是這個世界的生物，令人神往，也令人感到顫慄。我想起昨晚由樹子提到本間雄太郎的作畫風景，他彷彿被抽離了這個世界，凝望著人體內的另一種特質，並將凡人的眼睛所不可見的純粹帶來我們的面前。

「燈里小姐，昨天由樹子女士說的是真的嗎？本間老師在作畫時，真的是那個樣子？」我不禁問：「他後來真的變成一個成天只畫畫，連生活都很難自理的人嗎？」

小波渡淡色的眼瞳與畫作中女性的凝視對望。「她說得沒錯，而且越到晚年越嚴重。我好像跟妳說過，本間老師過世的前幾年，其實幾乎都住在那個工作室吧。因為那時候他已經無法離開繪畫了。眼睛一張開就是畫畫，一直畫到累了，睡著為止。最近這一年，我甚至無法跟他有正常的對話。」

我不禁顫抖。我想像本間雄太郎那彷彿是為藝術而生的姿態，覺得那不是一般人能做到的事情。至少不會是我。

「穗坂小姐，這些都是未公開的畫作，妳是少數在美術館開幕前可以欣賞到的人。」小波渡轉過頭來對我微笑：「我看過一篇有關妳的報導，那是四年前的文章吧，妳提到說妳是本間老師的粉絲。難怪妳筆下的女性也有一種空靈的感覺，本間老師的影響應該很深吧。」

「咦？呃……」我一陣慌亂，我沒想到小波渡看過那篇報導文章。「是……是的，我一直都是本間老師的粉絲，我有所有出版過的畫冊，若是有展覽，只要我能去，我就會去現場看……」

我是在說什麼？這只不過是奇怪的粉絲宣言而已吧？

但看我這副手足無措的模樣，小波渡只是微微一笑。「得獎後，穗坂小姐應該工作多到接不完吧。在這裡多待幾天，沒問題嗎？我看妳好像也沒有帶作畫的工具……」

是你們要我留下來的吧？當然這句話我是無法當著小波渡的面說出口，只能支吾其詞：「這個……應該是沒關係，其實我最近工作量有減少了一些，之前工作量太大，讓我有點……呃……靈感枯竭的感覺，所以……」

小波渡專注地看著我，雖然我也不確定她那幾乎沒有顏色的眼瞳究竟是看著哪個方向。過了一會兒，小波渡才開口：「原來如此，那麼妳這一次來正剛好，希望本間老師的這些畫作可以帶給妳一些靈感和刺激。我記得那篇報導還說妳喜歡從旅遊中尋找靈感，那陣子還帶著父母親一起去了四國一趟。這一次來北海道的旅遊，也算是一種尋找靈感之旅吧。」

「是……」面對小波渡所說的話，我只能吶吶地應聲。

目前已掛出來的畫作並不多，看完一輪之後，我們又回到位於中央棟的大房間。這裡雖然寬敞而明亮，但因為白牆上一幅畫作都沒有，反倒顯得寂寥。

我趁這時候趕緊問了我最想知道的問題。「燈里小姐，請問〈黑夜〉的鑑定……」

小波渡彷彿早就知道我會這麼問，從容地回應：「有一位濱田龍水教授……妳知道他嗎？濱田教授今天會過來。」

我點頭。我也稍微聽過濱田教授的名字，他是藝術大學的知名教授，也是藝術品鑑定專家。

「有人透過濱田教授，要將一幅本間老師以前售出的畫作賣給美術館，他今天會將畫作帶過來，我們也邀請他一起替〈黑夜〉做鑑定。」

沒想到竟然是請這麼大咖的專家來做鑑定，我有些不安了起來。但是沒問題的，因為那幅〈黑夜〉絕對是真跡。

「原來如此。」

「算算時間可能也差不多……」小波渡才這麼一說，我就聽到大門外傳來車聲。

「應該是樋口律師帶著濱田教授過來了，我去接他們。穗坂小姐，不好意思……」

「沒關係，妳去忙吧。」我趕緊說。

她帶著歉意的嘴角微微一勾，便轉身離開大廳房間，從大門出去。我不想跟那些人打照面，於是從側邊的走廊出去，轉到側翼的建築以後，再偷偷從那邊的出口窺視。我看到樋口律師和一位白髮，約莫六十歲開外的男性走至大門口，兩人手中合力抬著一個很大的扁平木箱子。小波渡打開大門迎接，不久之後，就看到會川也走出來，幫忙兩人抬箱子。

不知道他們要把畫作帶去哪裡。話說回來，我好像也不知道收藏其他畫作的地方。

我悄悄地縮回身，來到二樓的會客室。原本只是想在這裡喘息一下，沒想到我一走進會客室，就撞見了誠一郎。他一身T恤與卡其褲的休閒裝扮，坐在靠窗邊的椅子上，一手拿著手機。我走進去時，他正好抬頭與我四目交接，讓我無法直接轉身離開，只好踏進會客室，向誠一郎點頭打招呼。

誠一郎也對我點頭，開口說：「穗坂小姐，我以為妳在一樓參觀。」

「剛剛還在一樓，但後來有客人來了，樋口律師帶了一位教授過來，似乎是要做鑑定……」

「我聽說了。他們還真謹慎呀，光靠燈里小姐和會川先生的鑑定還不夠，又請了另一位教授過來。」誠一郎說著站起身，走到我對面的沙發坐下，「這都是因為最近這一陣子好像有一些偽作出現在市場上。」

「偽作？」我想起之前小波渡也這麼說過。

「對呀，穗坂小姐，妳沒聽說嗎？好像是最近這幾年的事，市場上出現幾幅謊稱是真跡的畫作，都是屬於小一點尺寸的作品。據說偽造得很精緻，但給有經驗的專家看就會知道是偽作，可是一般的收藏家不見得知道。」他擠眉弄眼地說著，一副很舒適的神情背靠著沙發椅，看起來是想要跟我長談的樣子。

我搖頭。因為這樣，小波渡和樋口才會這麼謹慎，會川也才會長期待在這裡。我越來越覺得我也可能得在這裡多留一段時間了。

「而且呀，穗坂小姐，妳帶來的這幅〈黑夜〉，其實之前也出現過偽作喔。」

「欸？」我驚訝地睜大眼，感覺喉頭一陣乾澀。

誠一郎點點頭說：「聽說之前基金會曾經打聽到有人收藏了一幅〈黑夜〉，不過後來證實是偽作，那個收藏家也很驚訝，他一直以為自己買到的是真跡，而且當時還花了不少錢。

「後來基金會的人才又找到妳，穗坂小姐。」誠一郎直直地看著我說：「不過穗坂小姐，妳也是畫家，妳應該可以辨識是不是真跡吧？」

「這個嘛……」我不覺吞了口口水。

「如果不是真跡的話，那還真是倒楣。當初花了筆錢以為買到的是真貨，還千里迢迢把東西帶來北海道，但卻發現是假的……這怎麼想都不划算呀。」誠一郎聳聳肩說。

他的語氣像是想要開玩笑，但在我聽來卻是讓人心驚膽跳。我也不希望會變成這樣。我都已經過來這一趟了，可不想空手而歸。

「不過，穗坂小姐，妳也參加了昨天晚上的怪奇體驗座談會，想必是因為妳也有什麼跟〈黑夜〉有關的體驗吧？」誠一郎說著露出近乎狡詐的笑容：「既然妳也有這種體驗，那麼妳手中的〈黑夜〉是真跡的機率應該是蠻高的。所以放心吧，座談會結束後，妳就可以拿錢走人了。」

我拚命擠出笑容，但我不知道僵硬的臉頰與嘴角是否能充分作用。

「令堂……由樹子女士呢？」我試圖轉移一下話題。「她今天早上好像沒有出來餐廳用餐，但燈里小姐似乎還是幫她準備了……」

「啊，我剛剛去她的房間看了一下，沒事的。」誠一郎有些心不在焉地揮揮手：「大概是昨晚說完她的體驗之後，情緒比較激動，所以吃了些藥。她吃藥之後通常會恍惚一陣子，大概都躺在床上休息。」

「由樹子女士的身體狀況……」

「這麼多年來一直都是這樣。」誠一郎皺著眉說：「我媽一直進出醫院做治療，這幾年算是比較好了吧，情緒比較平穩一點，但還是要定時吃藥。我去京都念書和工作以後，基本很少跟她見面說話了，昨天晚上還是第一次聽她這麼流暢地說話，也是我第一次知道她當年為什麼會忽然帶著我回去三重縣的老家。」

「所以由樹子女士在那之後就離開本間老師身邊了？」

「是呀。她大概是覺得不能把我留在那個只知道畫畫的老爸身邊，所以也帶著我一起走，不過才剛回老家沒多久，她自己也住院了。」誠一郎的嘴角勾起嘲諷的笑容：「那個人呀，雖然從沒公開說過，但她之所以得憂鬱症，大概也是因為我爸的關係吧。」

「喔？」

誠一郎似乎並不怎麼在意向我暴露出母親的隱私。「她其實一直都想當畫家，以前考上東京的藝術大學時，還被鄉里的人說是難得一見的才女呢。但是這個才女的繪畫事業卻不怎麼順利，沒辦法像我爸一樣連續得獎，還受到收藏家的青睞。她後來結婚，大概也是想死心吧，可是說真的，在最近的距離看到像我爸那樣的天才，她遲早也會受不了。真正的天才是像那樣有源源不絕的靈感，而且完全專注在創作上。我媽呀，只是沒辦法接受自己其實沒有才能這件事情而已。」

「原……原來如此。」我舔了舔嘴唇說。昨天從由樹子的敘述中，確實可以窺見一點她在創作事業上的挫折。老實說，有些部分我感同身受，尤其是那種宛如卡在半空中，對創作還有些留戀，但既沒有勇氣再度投入，又無法徹底放棄的焦躁。

「所以誠一郎先生才對藝術不太有興趣？」

誠一郎坦然地說：「很多人都說我有對藝術家父母，好像很厲害的樣子，但我倒是沒受到多少照顧。我媽精神狀況不太好，沒有餘力照顧我，而我爸就一直是那副樣子，這二十五年來我們也沒見過幾次面。大概真的是因為這樣，我才不想跟他們一樣走這條路吧。唯一的好處，大概就是我爸變得有名，還留了些遺產給我。只是我也沒想到，想要拿到這筆遺產，還得來參加這種聚會。」

「咦？」

誠一郎扭曲著嘴角，似乎是試圖想露出笑容，但只顯露出一副忿忿不平的神情。「妳不知道嗎？我爸的遺囑說要舉辦跟〈黑夜〉與〈白晝〉有關的怪奇體驗座談會，而我們得要在這個座談會上說出自己的體驗，才能拿到遺產。我跟我媽都是，會川先生應該也是吧。」

原來這就是昨晚小波渡說的「相應的代價」嗎？但非要做到這種地步不可嗎？

「為什麼要這麼做呢？」我疑惑地問。

「我哪知道那老頭在想什麼？」誠一郎對父親的稱謂越來越不客氣。「我對藝術啦、畫作這種東西一點興趣都沒有，他的畫作就算能賣出高價，我也還是不懂，所以這些基金會跟美術館就讓懂的人去搞吧。不過他至少還留了些錢給我和我媽，我只是不懂為什麼還要我們來說出自己的體驗。而且，那老頭是怎麼知道我們有這些體驗的？」

最後一句話雖咕噥在嘴裡，但我還是聽得很清楚。是的，誠一郎的疑問也是我的疑問。本間雄太郎，還有小波渡燈里，他們是怎麼知道我們有這種怪奇體驗？如果由樹子和誠一郎等人真的從沒對人說過，那麼本間雄太郎為什麼會在他的遺囑中開出這樣的條件？

「算了，反正我有錢拿就好了。」誠一郎說著伸了個懶腰，原本氣憤的表情放鬆下來：「只是我為了要過來北海道，用掉了不少這幾年累積的年假。我原本想用在跟老婆一起去旅遊的，真是可惜。」

不久之後，誠一郎接到了電話，似乎是他的妻子打來的。我不打擾他與妻子的交談，便離開了會客室。不過下午時，誠一郎來找我說他要開車去札幌一趟，問我要不要一起去。我就算再遲鈍，也可以從誠一郎的眼神與視線方向看出他的想法與意圖。即使是新婚才不過一年的男人，遇到可以搭訕的機會也是不會放過的。

而我雖然已年近三十，這幾日又是一副面容憔悴的模樣，但我從經驗知道，大多數男人就是會對比自己年輕的女人有興趣。不過，現在的我可不想淌這種渾水，所以我拒絕了。

一方面是因為我不想讓誠一郎以為我也有這個意願，另一方面大概是我隱隱感覺到，如果我到了札幌，可能會受不了誘惑而逃離北海道吧。留下來才有錢可以拿，但我全身的神經卻又在不斷地向我尖叫，要我逃離。

我該怎麼辦？無所事事地閒晃時，我發現接近傍晚，樋口律師帶著濱田教授離開了，他們帶來的畫作似乎就留在這裡。誠一郎在晚餐開飯前回來，由樹子終於走出房間用餐，雖然神情呆滯，眼神遲鈍，但她看起來狀況還不錯。

而小波渡和會川都沒有告訴我，濱田教授的鑑定結果是什麼。

第二天，八月三十一日晚上九點，第二次的座談會開始了。

大家一樣準時集合，小波渡同樣也準備了熱茶與點心。今天是煎茶與仙貝，好像比較受青睞，我進入會客室時，看到誠一郎和會川都在吃仙貝。而或許是因為自己的職責已經完成了，由樹子看起來放鬆了點，但神情還是有些呆滯，或許跟她吃了藥有點關係吧？即使如此，她還是打扮得好好的，淺綠色洋裝、銀質項鍊、鑲著翡翠的耳環。我有些懷疑，不知道她這一趟出門帶了多少衣服和配件？

小波渡見大家都到了，同樣起身走到壁爐前，「感謝大家如期出席，這是第二次的座談會。今晚就由誠一郎先生開始吧。」說完之後，她這一次走到誠一郎後面的一張椅子上坐下。

怪奇體驗座談會的第二個敘述者誠一郎緩緩開口：「這是我小時候遇到的事情。雖然已經過去很長一段時間了，但是我印象很深刻，到現在還記得一清二楚。那時我小學二年級，是我跟著母親回到她娘家的第二年……」

白晝

各位應該記得前天晚上我母親的體驗談吧？她的體驗發生在一九九三年，不久之後，我母親就帶著我回去她在三重縣熊野的娘家生活。我的體驗就發生在隔年，一九九四年的暑假。

我當時轉學到外公家附近的小學還不滿一年，雖然現在想起來沒什麼，但是那時候我還挺煩惱的，因為我在學校沒交到什麼朋友。不過想來也是理所當然，我是東京來的轉學生，說話口音跟當地人不一樣，那裡又是有點鄉下的地方，雖然對外地人充滿好奇，卻又出乎意料地排外。所以我在學校有點像是被當成珍奇動物一樣，大家都在觀望，卻又不敢接近。而我那時候年紀還小，還不怎麼懂得社交技巧，只是對於他們的態度感到厭煩。

另一個原因，或許是跟我外公的家族有關係吧。外公所統領的堂島家，在當地是大地主，政商關係良好，我外公以前還當過兩屆的縣議員，所以當堂島家的外孫轉學過來時，大家對我多少還是有點敬而遠之。

總之小孩子的煩惱大概就是這些了。我在學校有點格格不入，而我跟母親來到熊野不久之後，她就長期住院了。原本熟識的親人不在身邊，多少會覺得有點寂寞、害怕。但幸好堂島家的人對我非常好，外公外婆很疼我，預定要繼承堂島家的舅舅一家人也不介意多照顧我一個孩子，我在那裡沒有什麼被當做外人的感覺。

因為我母親長期不在身邊，所以主要照顧我的人是外婆，與母親一位未婚的姊姊，佳代子阿姨。不過，她應該不是未婚，而是離婚吧。總之佳代子阿姨離婚後回到娘家生活，她對我非常照顧。即使如此，來到熊野還不滿一年的我，多少還是覺得有點難以融入當地生活。

在這樣的狀況下，來到了小學二年級的暑假。其實不用去學校我還蠻高興的，因為總覺得同學們那觀望的眼光有些扎人。不過，我那時候卻多了一個煩惱，就因為這個煩惱，我反而希望可以不用放假，正常去上學。

外公家位在一處丘陵旁，那丘陵像一條扭曲的蟲子般延伸成長條形，外公家就約莫占據了丘陵旁約一半的面積。當然總體占地還沒有這裡這麼大，但是在當地也算是相當寬闊的豪宅。丘陵上方是一片茂密的樹林，那上頭沒有住家，只有一間小小的、古老的神社。

在放暑假的一個月前，我在這神社附近撿到了一隻小狗。那應該是一隻雜種狗吧，黃色的短毛，嘴巴和耳朵是黑色，身體和眼睛都圓滾滾的，非常可愛。牠一開始就跟我很親近，而沒有任何玩伴的我，把這小狗當成我唯一的朋友。我想要帶小狗回家，但又想起佳代子阿姨曾經告訴過我，外公很討厭動物，她還曾經委婉地對我說，最好不要帶任何小動物回家。

想起這件事情，原本興沖沖地抱著小狗要回去的我也猶豫了。不管怎麼說，我都不想惹外公生氣。無計可施之下，我只好將小狗養在神社境內。

熊野有很多古老的神社，甚至有一些被登錄為世界遺產。外公家附近丘陵上的這座神社也很古老，但我倒是不清楚到底有多久的歷史，夠不夠資格被登錄為世界遺產。我只知道這座神社非常簡陋，沿著道路走上一條不長的台階，就是一個攀滿青苔的石頭鳥居，進入境內後，只見一座不大不小的本社，本社前有一個小廣場，角落只有一間社務所，四周被樹林所環繞。

本社建築和社務所都很陳舊，尤其是本社，給人一種已經蓋建了五百年都沒整修過的感覺，木頭柱子是陳舊的黑色，好幾處屋瓦都是破碎的，就連注連繩也都褪色了。廣場地板的石磚破裂，縫隙間長出許多雜草。社務所應該是比較新近的建築，但水泥牆已變成灰黑色，同樣爬滿苔蘚以及長春藤等攀爬植物。

要不是因為本社打掃得還算乾淨，大概會被誤以為是廢棄的神社吧。

對了，神社後方，樹林的邊緣處，有一顆很大的石頭，成粗糙的圓錐狀，矗立在泥土地上。石頭看起來飽經風霜，感覺好像這個神社建立時，石頭就在這裡了。但石頭上除了苔蘚以外，什麼都沒有，也沒聽人說過這石頭有什麼由來或傳說。

小孩子有時候會跑到這神社境內遊玩，但因為腹地不大，大家很快就玩膩了，因此也不常來。當時管理神社的是一個行將就木的老人家，我也不清楚他究竟是神主，還是被聘請來管理打掃神社而已。這個老人家只做基本的打掃，其餘時間都在社務所內打瞌睡。既然管理者不管事，當地的孩子也不常來，我就將小狗養在神社內，每天放學後帶著從家裡偷偷拿出來的食物過去餵狗，跟牠一起玩。

因為牠的嘴巴和耳朵是黑色的，所以我給牠取了黑子這個名字。

原本都很順利的，因為黑子很乖，平常都待在神社內，等著我帶食物過去。我沒有玩伴，如今有了黑子這個朋友，讓我很開心。我每天上學前和放學後都會過去神社看一下黑子的狀況，和牠玩一玩，我覺得這樣快樂的時光會永遠繼續下去，沒想過以後會發生什麼事。

到了八月放暑假的時候，我才終於意識到問題了。以前我還可以用上學的藉口出門，帶食物去餵黑子，但放暑假後，沒有朋友的我怎麼可能天天出門呢？家人其實都知道我在學校的狀況，難道我要向他們說謊嗎？

我不是個擅長說謊的小孩，我也不覺得我騙得過家人，尤其是佳代子阿姨，她可是非常精明的。但是我不想放黑子孤零零地在神社，我也不確定那個管理員的老頭子會不會照顧牠……不，老頭子或許根本沒發現神社內有隻狗吧？這麼一想，我實在是覺得很不安，但又不敢將黑子帶回家。

小學二年級的我想出來的方法是，將黑子帶到離外公家近一點的地方。也正好外公家旁的丘陵與神社的丘陵是連成一片的，外公家庭園的後門就緊靠著丘陵，只是中間隔了一條大水溝，有條木板就架在水溝上方，只要跨過木板橋，就可以走到丘陵上的樹林。於是我便將黑子帶到後門附近，這裡不僅離我比較近，我每天可以偷偷從家裡帶一點食物出來給黑子，另一方面又離丘陵上的樹林蠻近的，還可以帶著黑子去樹林裡跑一跑。

我自己覺得這安排天衣無縫，暑假的頭幾天也挺順利的。我每天早晚會去後門餵狗，如果有時間，也會帶著黑子去樹林玩。因為離家近，所以家人幾乎沒發現我跑出去，只以為我是在庭園玩。

但暑假過了一週，家人知道我沒有朋友，所以都窩在家裡，幾乎沒有出去玩，外公可能覺得我有些可憐，便幫我買了幾款新遊戲。來到熊野之後沒有玩伴，所以我還蠻沉迷於玩這些遊戲。有哪個男孩子抵擋得了這種誘惑？接下來幾天，我都沉浸在遊戲中，很少去找黑子。不過，我還是每天早晚都會帶食物去給牠。

剛巧暑假剛開始時，我看到佳代子阿姨丟了一個有缺角的碗，我便從垃圾桶中拿出碗，洗乾淨以後，當作裝黑子食物的碗盤。黑子真的很乖也很聰明，牠平常或許會跑去樹林裡玩，但每天到了固定的時間，都會回到後門等我。狗真的是一個寂寞孩子的忠實朋友，但我卻背叛了這個朋友。

我沉迷於新遊戲的那幾天，正好下了連日的大雨。據說是颱風經過附近的海岸，帶來豐沛的雨量。雖然連續幾天下雨，但我倒是不怎麼擔心黑子，動物比我們人類還要敏感，知道要躲雨。不過現在想來，我還是應該要去確認黑子的安全，即使外公會生氣，我也應該要讓牠進來庭園避難。

那一天，連續下了一個晚上的暴雨。我其實想過是不是要在晚上去後門看看黑子的狀況，但當時雨下很大，而且我也急著把遊戲破關，就把這件事情忘得一乾二淨，一個晚上都在玩遊戲。

第二天，天氣終於放晴了。太陽從一連幾日遮蔽天空的烏雲後露出臉來，熱氣蒸散雨後溼潤的空氣。吃早餐時，我聽到外婆與佳代子阿姨的對話。

「沿海那一帶好像有災情呢。」佳代子阿姨皺著眉說。

「是呀，所以孩子的爸和三津夫一早就出門了，說要去確認一下救災的狀況。」

「幸好我們這附近沒事，不過，後門那條水溝好像又淹水了。昨晚我因為擔心去後門看了一下，本來以為不會像前幾年那一次淹到我們的庭園來，但我早上又去看了，水還是整個淹上來，只是沒有之前那麼嚴重……」

我手裡的碗摔在桌上，碗裡的飯雖然沒有撒出來，但發出很大的聲音。佳代子阿姨和外婆紛紛轉頭看向我。

「小誠，怎麼了？」

「沒……沒事。」我儘量強作鎮定，再拿起飯碗。「對不起，我的手滑了一下。」

佳代子阿姨狐疑地看了我一眼，可是她什麼也沒說。

我匆匆吃完早餐以後就溜出門，來到庭園後門。佳代子阿姨說得沒錯，後門與丘陵間的那條水溝高漲，那水量已經不是水溝的程度，而是溪流了。在我面前的是一條洶湧流著混濁黃水的溪流，水位還不至於高到會淹沒後門，但是已經看不到平常架在水溝上方的那條木板橋了。

黑子呢？我慌張地四處查看，沒有小狗的行蹤，而且我發現，我放在圍牆附近的那個破碗也不見了。黑子這麼聰明，昨天晚上發現雨這麼大，應該已經去避難了吧？我這樣安慰自己，沿著庭園的圍牆尋找，一邊喊著黑子，但就是不見那每次總搖著尾巴朝我衝來的渾圓身影。

我也朝著對面丘陵樹林的方向大喊黑子，但沒有任何反應。我開始覺得大事不妙了，一邊擦著眼淚，沿著水溝下游的方向走去。我走了好一段路，一直快要走到鎮上，我終於在下游一個轉角處，發現了被卡在石塊邊緣的黑子。

雖然水流很急速，但我大著膽子跳下水溝邊緣，撈起黑子。被冷水泡了一晚上的黑子僵硬得如冰塊，黑色的圓眼睛半睜半閉，已經失去了光彩，嘴巴微張，吐出黑色的小舌頭。

我抱著黑子溼淋淋的屍體，坐在水溝旁哭泣。都是我的錯。如果我昨天晚上去後門，讓牠進來庭園避難的話，黑子是不是就不會被沖走了呢？

我也不知道我在那裡坐了多久，直到我聽到有腳步聲靠近。我轉頭一看，是一個年紀跟我差不多的男孩子，他膚色黝黑，一頭整齊的短髮，穿著T恤與短褲、布鞋，手邊牽著一台腳踏車。我覺得這男孩有點面熟，過了一會兒才想起來，他是學校的同學。但是我不太記得他的名字，只知道有些男同學叫他「小高」。

「那是你的狗嗎？」小高問。

我點頭。小高將腳踏車停好，靠過來，他蹲下身看著黑子。「昨天晚上雨下太大被沖走了嗎？好可憐。」

「被水溝沖下來的。」我懊悔地說：「昨天晚上應該把牠帶進屋子裡的。」

「你是本間吧？」小高又說：「本間，你要怎麼做？」

「我也不知道……」

小高嘟起嘴，眼珠子轉了轉。接著回身拉起腳踏車的龍頭，對我說：「你等我一下。」

小高騎著腳踏車離開了。不久之後，他又再度現身，手上抓著一個紙箱。他下車後將紙箱遞給我。「這是我從前面的雜貨店要來的，你把牠裝進來吧。」

「要做什麼？」

「我們去找一個地方，把牠埋了吧。」小高認真地看著我說。

於是我將黑子放進紙箱內，抱著紙箱，坐上小高腳踏車的後座，兩人一起去找適合埋狗屍體的地方。路上小高告訴我，之前他家裡養的倉鼠過世時，也是跟家人一起把倉鼠屍體放進小盒子內，埋在庭院裡。只是黑子體型比較大，實在不好找地方。

我們繞過學校前面。

「學校不行吧？」

「如果被發現會被罵的。」

繞到公園。

「這裡呢？」

「人太多了，好像不太行。」

繞到一片空地。

「這裡可以嗎？」

「不行，這裡的地主是個頑固的老頭，我爸說他很愛告人的。」

「告什麼？」

「我也不知道。」

繞到停車場。

「這裡好像不太好挖。」

「說得也是。」

我們幾乎繞了半個小鎮，就是找不到適合埋黑子的地點。雖說只是狗屍，但有些人還是不太喜歡，因此也很難開口詢問。

「本間，你家的庭院很大吧，要不要乾脆埋在你家那邊？」

「可是我外公很討厭動物……」

「是喔。」

時間已經近中午了，太陽越來越大，晒得我們兩人渾身發燙。小高載著我回到之前發現黑子的地點附近的雜貨店，幸好我身上帶了些零用錢，便買了冰棒和小高一起吃。天氣很熱，身邊裝著黑子的紙箱，開始傳出些微的臭味。

「如果是那片丘陵上的樹林呢？」我問小高。

小高專注地咬了一口冰棒，「聽說那是堂島家的地，應該可以吧？」

「真的嗎？那是我外公家的地？」

當時的我倒是完全不知道，其實那一片丘陵地，連同神社的所在地，都是堂島家的土地。不過小高也只是聽說過是這麼一回事而已，兩個孩子都無法確認是真是假，而我也不敢回家去問。

正在煩惱時，有一個男人靠近我們。大熱天的，這男人卻穿了一件黑色的長風衣，仔細一看，風衣下也是穿著黑色襯衫與黑色西裝褲。這一身黑色裝扮，在颱風過後的晴朗炎熱夏日，格外顯眼。這個人不熱嗎？我這麼想著，一邊咬著冰棒，抬頭看向那個男人，卻嚇得我口中的冰棒差點掉下來。

「……爸？」

一瞬間，我以為那個男人是我父親。他不是一直都待在東京嗎？去年母親帶著我離開以後，我就沒有再見過他了，也不知道那個人對妻子和孩子的離開有什麼想法。現在他怎麼會在這裡？

但是那個男人面無表情地看著我，沒有什麼反應。我仔細一看，又覺得這個人不是我父親，只是一個有點像的陌生人。當然第一個，我父親不會在大熱天穿著一身黑的衣服，第二個，他看起來比較年輕些，頭髮比較長，臉上的鬍鬚剃得乾乾淨淨，身形也比較瘦高一點。

越看越不像，我對自己認錯人感到羞恥，不覺低下頭。而小高在一旁咬著冰棒，好奇地輪流看著我和那個男人。

「……我聽到你們剛才好像在說，要找地方埋葬狗的屍體……」那個男人開口。低沉的聲音有點像我父親，可是又不是很像，我不禁感到有些混亂。

「是呀。」小高不認生地對陌生男人說：「大叔，你知道哪裡可以埋嗎？」

男人微微抬頭看向上方。「你們這附近有間很古老的神社……」

「大叔，熊野這邊有很多老神社喔，你是說哪一間？」

「很小，在一個小丘陵上，鳥居應該是石頭做的。」

我和小高面面相覷，因為我們兩人都想到了同一處地方。

「有，就在這附近……」我說。

男人沒有看我們，自顧自地說：「據說那神社祭祀的是伊邪那美。你們念過《古事記》嗎？伊邪那美是黃昏國的女神，那神社似乎有一顆巨大的石頭，據說就是堵住黃昏國與人界之間的千引石。若是將屍體埋在那石頭下方，就可以喚回靈魂。」

伊邪那美？千引石？喚回靈魂？我張大嘴看著那個男人，他到底是在說什麼？我轉頭看小高，他也是同樣莫名其妙的神情。

「我沒聽過這種傳說。」小高說，瞪著那個男人。

「是嗎？」男人只是聳聳肩，邁步離開。他一身黑的身影宛如飄浮在熱氣蒸騰的柏油路上，逐漸遠去。

我跟小高都大致聽過一些《古事記》的故事，伊邪那岐和伊邪那美的黃泉國之旅，堵住黃昏國與人界的千引石阻擋了已化為幽鬼的伊邪那美等等，但兩個小學二年級的孩子其實對這故事不是很理解，不過我更有興趣的是那個男人說的，「若是將屍體埋在那石頭下方，就可以喚回靈魂」這件事。

「你覺得這是真的嗎？」我問小高。

「我沒聽過，」小高聳肩：「大家只說那間神社很古老，我連祭祀的是伊邪那美都不知道。還有那個大叔是誰呀？我從來沒有看過他耶。」

我沒告訴他我覺得那個陌生男人長得像我父親的事情，畢竟當時我一心被那男人說的話給吸引了。如果真的可以喚回黑子的靈魂呢？現在想來應該覺得很可笑吧，怎麼可能有這種事？但小學生就是會相信這種事情，因為當時的我也不想接受黑子死掉了。

於是我對小高說：「小高，我們去那神社看看吧。」

「你真的相信他說的嗎？本間，原來你是這種人喔。」

我不知道小高說的這種人是哪種人，只是極力想說服他：「反正你不是說那片丘陵可能是堂島家的土地？神社那邊沒什麼人會去，樹林又這麼大，在那裡埋什麼都不會有人發現吧？就去看看吧？」

小高舔著冰棒棍上殘留的冰，轉了轉眼珠子說：「好吧，神社附近沒什麼人，就算去那裡挖洞也不會被發現，本間你不要跟你家裡的人講就好了。」

吃完冰棒後隨即出發。我同樣捧著裝著黑子的紙箱，坐在腳踏車後座，小高奮力地踩著踏板，前往那座神社。之後小高將腳踏車停在丘陵下方，我們兩人走上台階，穿過那石頭做的鳥居，進入神社境內。

不知道是不是我的錯覺，我總覺得一踏入境內，就感覺周遭的氣氛完全變了。方才還是夏日的正中午，過境的颱風捲走了白雲，上方是一片澄藍的好天氣，然而這神社境內不僅一片沉靜、潮溼，還顯得很幽暗。我起初以為是樹木較多，遮住了陽光，但抬頭一看，樹縫間看到的天空卻是陰暗的藍灰色，好像接近黃昏，太陽即將下山時的昏暗色調。

奇怪了，為什麼一下子就變陰天了？我止想跟小高說，但見他靠近社務所，透過窗戶窺視裡頭之後喃喃地說：「那個爺爺不在耶……」

透過骯髒的玻璃窗，可以看到裡頭確實空無一人。平常這個時間，老頭子應該都坐在裡頭的椅子上打瞌睡才對。

「這樣也好，」我說：「去找那顆大石頭吧。」

我們兩人穿過神社前的廣場，往神社建築的後方走，那裡是一片潮溼的泥土地和小徑，通往後方包圍的樹林。一陣風吹來，枝葉颯颯作響，我竟覺得有點冷，手臂的皮膚起了雞皮疙瘩。真奇怪，明明是八月的大熱天，以前這樹林有這麼冷又潮溼嗎？但我看著走在我前面的小高一副尋常模樣，似乎沒有感覺到有任何奇怪之處，於是我什麼都沒說，抱著紙箱跟在他後頭。

沒過多久，就看到那顆大石頭了。石頭比我和小高都還要高大、寬廣，整體呈圓錐形，粗糙的表面布滿了青苔。這就只是一塊石頭，上頭沒有刻字，也沒有打磨過，只是好像從開天闢地以來就佇立在這裡一般。

這是千引石？

「就是這個石頭嗎？」小高說：「埋在這下面？」

我點頭。「可是要怎麼挖？」

「我記得那個社務所旁邊好像有放一些工具，我去看一下。」小高說著一溜煙跑走了。

我把紙箱放在地上，再看黑子最後一眼。冰冷的狗屍已經開始發出味道，毛皮還軟軟的，但身體十分僵硬。我不敢面對那雙半開闔的眼睛，輕聲說：「黑子，對不起……如果你可以回來，請你再當我的朋友，好不好？」

黑子當然一動也不動，那總是靈活擺動的尾巴，也僵直地垂下。

小高回來了，拿著兩把大人用的鏟子。我們兩人個子小，起初還真不知道該怎麼用這鏟子，但石頭底部附近的泥土意外地鬆軟，雖然還是花了點時間，我們終於挖出了足以埋下紙箱的洞。

我將紙箱放進去，與小高一起再度填滿。我注意到四周越來越暗，天際已是一片灰色，但奇特的是，周遭還是看得很清楚，一點都沒有因為天色陰暗而顯得視線不清。

埋好之後，石塊前隆起一小塊的土地。我和小高氣喘吁吁地分坐在兩側，背靠著石塊。

「這樣就可以了吧？」小高說。

「嗯，接下來就等吧。」

「等一下，本間，你真的相信喔。」

「等等看嘛。」或許我不是真的相信，而是想要相信吧。我只是希望我的朋友可以回來。

「本間，你真奇怪。」小高又說。

「我才不奇怪，是你們老是用奇怪的眼光看我。外地人有這麼稀奇嗎？」我不悅地反駁。

「這裡很鄉下嘛，鄉下人很害羞的。其實大家都想知道你在東京過什麼樣的生活，還有，聽說你爸爸是有名的畫家，是不是？」

「想知道這些事情，可以直接來問我呀。」

「我們也想直接問，可是你一副看起來很憂鬱的樣子，大家不敢靠近嘛。」

「我？很憂鬱的樣子？」我驚愕地看著小高。

小高點點頭說：「對呀，你每天來上學都板著一張臉，好像在說不要跟我說話。有人說那是因為你爸爸媽媽離婚，所以心情不太好，不要打擾你。」

「我爸媽沒離婚啦。」我不耐地說。

「是喔，原來沒離婚喔。那你跟你媽幹嘛要回來這裡？不過堂島家很有錢啦……」

藉由和小高的對話，我才知道原來從同學的眼中看來，我是這個樣子。憂鬱，板著一張臉，不想跟別人溝通。我是這樣嗎？就是因為如此，大家才只是在一旁觀望，不敢靠近嗎？所以其實這是我自己造成的？

「本間是很奇怪啦，但是養的狗死掉了，會哭，會想要讓牠復活，好像也是蠻正常的事情。你很奇怪，但也不是那麼奇怪。」小高笑著說。

「你在說什麼啦，聽不懂。」我說，也忍不住笑了出來。

來到熊野以後，我是第一次跟同齡的孩子這樣輕鬆地聊天，忽然覺得整個人放鬆許多。或許，要交朋友也沒有這麼難。

我跟小高開始聊起最近的新遊戲時，忽然聽到下方傳來聲音。那是有點悶悶的聲響，但聽起來像是什麼東西在衝撞、攪動，還伴隨著喘息聲。我跟小高同時停止對話，低頭看著我們中間的那團隆起。我覺得剛剛才埋好，還很鬆散的泥土，似乎在微微蠢動著。

「汪嗚！」

我們都清楚聽到了，兩人隨即跳起來，拿起鏟子，挖開方才埋紙箱與黑子的地方。紙箱從土地內冒出頭來，這次我很清楚地看到紙箱在震動，裡頭發出喘氣聲。

「黑子！」我丟下鏟子，用手直接挖開旁邊的泥土，潮溼的土味衝入鼻腔。我慌張地打開箱子，隨即有一團黑影從裡頭跳出來，衝撞我的胸口，我整個人失去平衡，往後一坐，正有些頭昏眼花，就感覺溫熱又溼軟的東西附上我的臉頰。

「汪！」活力旺盛的叫聲，左右快速搖擺的尾巴，圓滾滾的溫暖身體，就坐在我的腿上。

「黑子！」我又哭又笑地抱著活蹦亂跳的黑子，不敢相信剛才那具冰冷僵硬的屍體真的復活了。

「真的假的……」小高在一旁目瞪口呆地看著。

那個時候的我們到底是怎麼了呢？或許因為還是小孩子，反而什麼都可以接受吧。我們就這樣認同了黑子死而復活的事情，開心地一起玩了起來。我和小高、黑子在神社建築前的廣場跑跑跳跳，小高撿起樹枝丟出去，黑子飛奔過去咬起，或是我繞著廣場跑，黑子則追在我身後汪汪叫。

黑子真的復活了，一切就跟以前一樣，我們又可以在一起玩，現在還多了小高這個玩伴。我玩得好開心，完全沒注意到四周已降下黑幕，黑暗包圍了這座神社，也沒想為什麼社務所內還是沒有人，那個老頭為什麼沒有回來。空曠的廣場上，只迴蕩著我們兩人的笑鬧聲與小狗的吠叫聲。

我跑著跑著，忽然眼角瞥見那石造鳥居的柱子下方，似乎有個黑影。我不覺停下腳步，凝目細看，那是一個一身黑的人，半個身子隱藏在鳥居柱子後面，白皙的臉孔望著我們這兒。

那張臉。就是那個告訴我們將屍體埋在神社的千引石底下，可以喚回靈魂的男人。

他面無表情地看著我們，眼神空洞，彷彿沒有靈魂的人偶。我不禁打了個寒顫，他的模樣讓我聯想到「殭屍」這個詞彙。但更令我驚嚇的是，那個男人的身體就在我的眼前，一寸一寸地轉化為乳白色。那白色像是石頭的紋路一樣，深深淺淺地交錯，他最後連臉和頭髮，眼睛都變成乳白色的，就像是一座石頭雕像。

我覺得眼前一陣黑。再清醒過來時，我發現我在外公家裡。我站在一樓的走廊上，面對著牆壁。不，該說是面對牆壁嗎？其實我是面對著一幅放在靠牆地板上的畫。對，那幅畫就是〈白晝〉。

前一年，我母親帶著我離開東京時，也帶走了幾幅我父親的畫作，其中就包含這幅〈白晝〉。我外公似乎深知女婿作品的成長潛力，他將這些畫好好地保存在倉庫內。後來我才知道，因為我父親不久之後要在東京舉辦個展，想要借出這幅〈白晝〉去參展，外公才讓人把〈白晝〉拿出來。

剛才那一切都是幻影嗎？黑子是不是真的被水沖走，溺死了？我真的曾經跟小高一起到處在鎮上打轉，尋找埋葬黑子的地方？真的有個長得像我父親的男人告訴我們那神社的傳說？黑子真的復活了？那個男人的身體真的變成乳白色？

我完全搞不清楚，哪裡是真的，哪裡是假的，從哪裡開始是幻境，哪裡又不是。

而說真的，當時我也沒意識到，我的那些體驗有可能就是〈白晝〉的力量。一直到很多年以後，我聽到一些有關〈黑夜〉和〈白晝〉的傳聞，才開始懷疑。那個時候還是孩子的我，只以為我是做了一個夢。

不過，黑子被大水沖走溺死應該是現實，因為我後來再怎麼找都找不到牠。

接下來的一整個暑假，我都有些失魂落魄的。失去了黑子這個朋友，又做了莫名其妙的夢，我都開始覺得自己是不是哪裡有問題了。機靈的佳代子阿姨很快就察覺到我的狀況，在暑假即將結束的時候，不知道她是怎麼說服外公的，外公竟然答應讓我養狗了。當然前提條件是，狗要養在庭園，不可以讓牠進屋子裡。

佳代子阿姨帶我去領養了一隻小黑狗。小黑狗有張長長的嘴與尖尖的耳朵，體型瘦長，但一雙圓圓的黑眼和黑子很像，個性也很親人。我將牠取名為小太郎。小太郎在我大學二年級的時候過世了，我到現在還是覺得小太郎是我最好的朋友，帶給童年時期的我很大的安慰。

你說小高？可以問他？這是我接下來要說的事情。我實在無法確定我跟小高一起去找黑子的埋葬地點，還跟他在神社與復活的黑子一起玩這些事情到底是真還是假，所以我打算開學之後去學校找他問問。對，我當時不知道他住在哪裡，也沒有他的聯絡方式，畢竟我連小高的全名是什麼都不知道。

可是等開學後，到了班上，我發現我的班級沒有小高這個同學。

不是，請聽我說，並不是小高不存在。我問了同學才知道，小高跟我不是同一個班級，他是隔壁班的同學。同學告訴我，小高的全名是寺田高志。但是當我去隔壁班問時，他們卻告訴我，高志因為父親工作調職，暑假結束後就全家移居大阪了。

他似乎有給班上幾個要好的同學聯絡方式，但我並沒有請他們轉交給我。在不確定那些體驗是真還是假的狀況下，還是小學生的我實在提不起勇氣去問高志。

不過，也多虧了這件事，讓我跟班上同學開始有交流，大家似乎發現我並不是那麼拒人於千里之外，我也學到了要交朋友就得要主動。我有了朋友與玩伴，之後的學校生活變得愉快不少。

但是，還沒有結束，這件事情還有後續。

大約五年前，當時我在京都工作和生活已經好幾年了，一個冬天的晚上，我和同事去蜂斗町的居酒屋喝酒，竟然在那裡偶然與高志重逢。他與同事就坐在我們的隔壁桌。雖然身體長大了，可奇特的是臉型與五官的特色都沒有變，我一下就認出那是高志。

我一時衝動出聲打招呼後，他仔細看著我的臉一會兒才開口：「你是……本間？熊野井田小學？」

「對，我是本間，本間誠一郎。」

我們聊了起來，才知道高志在跟著家人一起移居大阪後，就一直在那裡生活，幾年前大學畢業後來到兵庫的神戶工作。那天是他跟同事一起來京都出差，工作結束後到居酒屋喝酒。

既然有此機會，我問了他多年來一直梗在我心頭的事情。

「寺田，你記得你離開熊野前的那個暑假，曾經幫我一起尋找死掉小狗的埋葬地點嗎？」我小心翼翼地問。

「記得呀，那是我第一次跟你說話吧，」高志說：「因為我看到你抱著小狗的屍體在哭。」

「那後來我們帶著小狗的屍體到那座丘陵上的神社的事情，你知道嗎？」

「丘陵上的神社？」高志摸摸因喝了酒而漲紅的臉頰：「不，我不記得。我印象中，那時候我們繞了城鎮一圈，想要找可以埋葬小狗的地點，但一直找不到適合的地方，你就說你要回去問家人，可不可以將小狗埋在你家後面的丘陵地。」

「是這樣嗎？」

「我不記得有去神社呀。發生什麼事了嗎？」

「不，沒什麼。」去神社的大石頭下埋葬小狗，以及黑子復活的事情，全都是幻境嗎？

「我倒是記得當時你跟我說了一些事情……」高志撫著下巴說。

「什麼事？」

「你那時候告訴我，你把小狗養在你家庭園的後門，後來牠被水溝高漲的水沖走。可是奇怪的是，你給小狗裝食物的碗並沒有被沖走，卻是放在那條水溝對面的丘陵斜坡上。」

「咦？」我愣住了：「我說過這種話嗎？」

「我有這種印象，可是說真的，這也是快二十年前的事情了，當時我們也都還小，記憶到底有幾分正確，我也不知道。」

後來我跟高志交換了聯絡方式，他來京都出差，或是我去神戶出差時，還會約出來見個面，一起喝酒，但是我們都沒有再談過那天的事情。

我跟高志有一些記憶相左的部分，他不記得神社的事情，我也不記得我對他說過狗食碗的事情。

03

誠一郎說完他的體驗後，我窺視眾人的臉色，只見由樹子一臉沉思，會川不安地轉動眼珠子，而小波渡還是一樣面無表情。誠一郎的故事實在是離奇，感覺現實與幻境交雜在一起，令人搞不清楚究竟是怎麼一回事，也難怪當時還是小孩子的誠一郎會以為自己做了一場怪異的夢。

「真是有趣呢，」會川先開口：「由樹子女士和誠一郎的體驗裡，都出現過長得跟本間老師很像的人，只是那應該不是本間老師，而是〈黑夜〉與〈白晝〉的化身？」

「前天聽了我媽說的體驗以後，我也這麼覺得。」誠一郎點頭：「只是不知道為什麼都是以看起來像我爸的模樣出現？」

「可能〈黑夜〉與〈白晝〉會讓人看到跟自己親近的人？或者單純只是因為本間老師是這兩幅畫的創作者？」

「或許吧。」誠一郎聳肩。

「不過，也是乳白色的呢。」我聽到座位離我較近的會川喃喃說了這麼一句。我不知道其他人有沒有聽到。我看了他一眼，但會川只是撫著下巴的鬍渣，視線低垂。

「請問一下，」我對誠一郎說：「高志說，你們找不到埋葬小狗的地點後，你說要回家去問問是不是可以埋在丘陵地的樹林裡。如果去神社的大石塊下埋葬這件事情是幻境的話，那是表示後來誠一郎先生真的將黑子埋在丘陵地的樹林裡了嗎？」

「這一點呀，其實我完全不記得了。」誠一郎露出苦笑說：「我後來找不到黑子，也沒有找到埋葬牠的地方，曾經養過黑子的事情就像是一場夢一樣。要不是後來跟高志重逢，向他確認過確實有這件事情，我有一段時間還以為自己是不是因為太寂寞了，幻想出黑子這個朋友呢。」

「他說的狗食碗是怎麼一回事？你也不記得了？」會川問。

誠一郎搖頭：「我完全不記得我說過這種話，還有，我也不記得狗食碗到哪裡去了。」

此時小波渡開口：「誠一郎先生，你平常是將狗食碗放在後門附近，也就是靠近庭園的那一側，是吧。」

「對，我的記憶是這樣。」

「但是高志說你對他說，那天早上你去後門尋找黑子時，發現狗食碗被放在水溝對面的斜坡上？那是哪裡？」

「因為我不記得，所以我只能從高志告訴我的事情去推測。後門一出去是一條窄小的路，隔著水溝就是丘陵地的斜坡，再上方是一片樹林。我之前說的架在水溝上的木板橋，就在後門附近。如果是斜坡的話，我想應該就是過了木板橋以後的那段斜坡吧？」

小波渡沒有再說話，但我注意到由樹子抬起臉，似乎想要說些什麼，但微微一張嘴後，又閉上。

會川又問：「高志君記得那個跟你們搭話，一身黑的男人嗎？」

「我問過了，他記得當我們在雜貨店前吃冰棒時，確實有人來搭話，但他說不是一身黑的男人，可是到底是什麼樣的人，他也沒有印象。」

誠一郎看到的，與高志看到的，似乎有一些差異。真是不可思議。

此時小波渡站起身說：「今晚的體驗分享似乎比較長，已經快要十一點了。今晚辛苦了，請大家好好休息。明天同樣休息一天，下一次的座談會時間是九月二日晚上九點。」

第二次的怪奇體驗座談會結束了。

隔天沒有座談會，也正逢週六，小波渡一早就問我要不要出去走走。

「穗坂小姐來這裡也已經五、六天了，似乎都沒有離開宅邸。要不要出去走走？現在正是安村町的墨西哥向日葵花季，去公園走一走，放鬆一下吧。」

我想至少小波渡的企圖會比誠一郎還要單純些，所以我答應了。而誠一郎似乎一早就開車離開，可能又是去札幌了吧。由樹子還是待在房間裡面，會川則是不見蹤影。

我搭上小波渡開的車，六天以來第一次離開本間宅邸的腹地。小波渡驅車往安村站的方向前進，但其實我不認得路，是看路旁的指示路牌才知道的。這天天氣不錯，層疊的白雲在藍天下閃耀著，道路劃過一望無際的草原，如箭矢般往天際飛去。車子經過安村站，也就是安村町的市中心，再繼續往前走，從本間宅邸出發約莫四十分鐘後，才抵達小波渡所說的公園。

公園是一片徐緩起伏的丘陵地，草地上種植了一整片的墨西哥向日葵。雖然名稱是向日葵，但這種植物是屬於菊科，多半是橙色或黃色，如一張暖色系的地毯。道路穿梭在花壇間，或許因為是週六，有不少觀光客出沒，拿著手機或數位相機拚命拍照。

藍天下的橙色花朵是一副動人的景緻，而離開那棟宅邸，站在如此開闊的地方，呼吸新鮮空氣，也讓我覺得舒暢了一些。小波渡到附近的小賣店買了霜淇淋，我和她坐在小賣店前的椅子上，一邊欣賞著眼前的景色，一邊小口吃著霜淇淋。

小波渡到了人多的地方，就戴上墨鏡了。她大概早已知道人們看到她的眼睛會有什麼樣的反應，而日本人又是屬於遇到跟自己不一樣的東西就會大驚小怪的民族性。不過老實說，即使我與小波渡相處了六天，有時候突然與她對望時，還是會猛然一驚。那種像是在看著我，也像是沒在看著我的不確定感，實在是讓我感到有些不安。

「穗坂小姐，妳來了這幾天，都沒有看到妳畫畫呢。」小波渡突然說。

「咦？呃……我離開家的時候很匆忙，沒帶太多畫畫的工具，而且我最近的工作量也變少了，所以……」對於這出其不意的問題，我有些慌張地解釋。

「是嗎？」小波渡的臉微微轉向我：「我遇見過不少畫家或藝術家，都是隨時隨地在想創作的人。本間老師雖然最近這幾年很少離開宅邸，但是他不在工作室時，會隨手拿著紙筆把他看到、想到的東西畫下來。我自己也是，只要出門，身上隨時都會帶著素描本跟最基本的繪畫工具。」

她說著打開自己的包包，從裡頭拿出小本的素描簿，與一支油性的帶針筆。「看到一些景色，就會想要畫下來，不是嗎？」她稍微翻開素描簿，我瞥見裡頭畫著滿滿的圖畫，有風景，有建築，有靜物，有人物。

我第一次知道小波渡也會畫畫，她其實應該也是畫家吧。想想這也是理所當然，她能夠當本間雄太郎的助理，甚至也能鑑定畫作，所以在藝術方面有一定程度的造詣。

「我……」我想解釋些什麼，但又覺得方才吞下的霜淇淋黏膩在喉頭。

「會川先生雖然說他已經好多年沒有作品了，但那個人還是持續在畫畫和素描，他或許已經沒有創作了，但還沒有放棄藝術。」小波渡以平靜的聲音說：「穗坂小姐，妳還好嗎？」

我還好嗎？我也不知道。

「我……」我剛開口，覺得喉嚨乾啞，吞了口口水後才能順利發出聲音：「我畫不出來。我跟會川先生不一樣，他即使沒有作品，但提筆還是能畫，至少能畫素描，畫出眼前的事物，可是我不僅無法創作，只要一提起畫筆，腦袋就變得一片空白……」

「從什麼時候開始的？」

「什麼時候？一……一、兩年前吧。」我喃喃地說：「本來只是沒有靈感，想不出構圖，後來才變得連拿起畫筆都怕。」

「難怪最近這一陣子妳的作品變少了。我記得兩、三年前的時候，市面上幾乎所有暢銷作家的書籍封面都是妳的插畫。」

本來是這樣的。邀約的案子一個接一個來，幾乎是不眠不休地作畫，有時候去了書店，就會看到檯面上的暢銷書籍封面，我不覺低下頭，快步走過，然後我幾乎不去書店了。

不知道是從什麼時候開始，就算是拿起畫筆，想要素描，也下不了筆，我的手彷彿忘記了該怎麼畫畫一樣。面對電腦螢幕上的色塊，也只是無意識地做排列組合。這樣不是創作。我心裡是知道的。妳只不過是個別人說什麼就做什麼的修圖機器。

放在腿上的手不覺抓緊褲子的布料，另一手拿著的霜淇淋融化了，乳白色的液體滴落下來。

「真的很抱歉，穗坂小姐，我之前對妳說了沒神經的話。」小波渡說，一邊拿出面紙遞給我。

「欸？」

「前兩天帶妳參觀美術館時，我還說希望本間老師這些未公開的畫作可以帶給妳靈感。我不知道妳的狀況，還說出這種話，真的很對不起。」

「不……其實本間老師的作品確實給了我一些刺激，只是我……可能我還是很害怕吧。」

「妳不需要太過勉強，穗坂小姐。這一次來北海道，就當作是一趟放鬆的行程吧。」小波渡微微一笑。

「為什麼本間老師可以靈感源源不絕呢？」我不禁說：「我總覺得我的靈感大概已經用完了，掏空了，好像每個人有固定的靈感容量一樣，本間老師是用不完，我和會川先生卻一下子就沒了。」

「誰知道呢？藝術和創作就是這麼捉摸不定的東西，有時候像一陣煙一樣，有時候又像流水，伸出手也抓不住。在人類的維度，還有很多我們看不見，感受不到的東西，而這些搞不好就是我們抓不住也摸不著的靈感。或許，本間老師只是比別人更能感受到這些東西而已。」

我想起由樹子說，本間雄太郎的模特兒曾說他「不是在看著眼前的人，而是這個人體內的什麼東西」。

「如果我也能看見呢？」說不羨慕是騙人的。

但小波渡只是淡淡地說一句：「代價是變得跟本間老師一樣？」

變成一個只知道畫畫，生活無法自理的廢人？還是一心想繼續創作，卻什麼都做不出來的落魄藝術家？我也不知道哪一種比較好。

「妳剛才說這兩年工作量變少了，那麼生活方面還好嗎？」小波渡問。

「老實說，不太好。」我只能說實話：「收入減少很多，這兩年有點辛苦，幸好我的同居室友有固定工作……但是這樣下去是不行的，所以我才想把〈黑夜〉……」

要談錢的事情，我實在難以啟齒，這大概是日本人的通病吧。但我想說到這裡，小波渡應該就懂了。

只見她慢條斯理地吃完手中的霜淇淋餅乾，才開口說：「之前請濱田教授過來幫忙做鑑定，這兩天應該就有結果了。穗坂小姐，等座談會結束，妳也說完了妳的體驗之後，我們就可以正式來談〈黑夜〉收購的事情。妳就放鬆一下，別想太多。」

還是要等到座談會結束，他們才肯跟我談〈黑夜〉的收購嗎？我實在是不懂本間雄太郎的意圖，但感覺就算問小波渡，也會被她四兩撥千斤地蒙混過去吧。小波渡燈里到底對〈黑夜〉與〈白晝〉，還有它們帶來的怪奇現象有幾分了解？

「走吧，」小波渡站起身，對我微笑：「去找個地方吃中飯。北海道的海鮮很好吃，我帶妳去我推薦的餐廳。」

一陣風吹來，一片的綠葉與黃橙色花朵翻飛。如果這世界上的一切可以永遠像我眼前這片景緻一般，這麼沉靜而優美，該有多好。

下午，小波渡帶我回到本間宅邸後，說她有一些事情要處理，便不知消失至宅邸的什麼地方了，留下我一人無所事事地在庭園裡閒逛。或許是早上出乎意料地對小波渡坦白了困境，我有點坐立難安，總覺得有點鬆懈，又有點羞恥。如果我的坦白可以加速小波渡等人處理〈黑夜〉收購的速度就好了，但我也實在是難以確定。

我走在庭園的小徑上，四周是種了許多波斯菊的花壇，從這裡可以遙望樹叢間的木造平房，也就是本間雄太郎的工作室。不知道工作室將來是不是也可以開放參觀？

我恍惚地想著，沒有注意到一旁的腳步聲，因此當一道黑影從我旁邊猝然出現時，我嚇得忍不住小小尖叫一聲。

「啊，抱歉，我嚇到妳了嗎？」會川一臉困擾地看著我，退後幾步：「我也沒想到有人在這裡。撞到妳了嗎？」

「沒……沒事。」我撫著胸喘了口氣。

會川還是一身深色的衣褲，袖子底下露出的手臂是不健康的削瘦。他手上拿著素描簿，我想起小波渡說，會川還是經常做素描、寫生。我不禁很想知道，他為什麼還能提筆作畫。

「穗坂小姐，我記得妳早上跟燈里小姐一起出去了吧？已經回來了？」會川問。

「對，剛剛回來的。」

「妳們去了哪裡？」

我告訴他小波渡帶我去種滿了墨西哥向日葵的公園，後來還被帶去吃海鮮等。

會川聽了點頭說：「墨西哥向日葵的公園很美呀，我之前也去了一趟。其實北海道的景色很不錯，可以多看看。」

「會川先生，你剛才去寫生？」

他低頭看了看自己手上的素描簿，嘴角露出嘲諷的笑容：「是呀。還是妳覺得奇怪，既然一直在寫生，為什麼會沒有作品？」

「不，我沒有……」

「不，是我說過頭了。抱歉，穗坂小姐，是我太過自卑了，才會別人說什麼都以為是在諷刺自己。是我意氣用事了。」會川爽快地承認自己的錯誤，反倒讓人討厭不起來。而我多少也對會川有一些親近感，可能是因為我的境遇跟會川有些類似吧。

「會川先生，我可以看看你的素描簿嗎？」我大著膽子說。

「請。」他倒是相當大方地將素描簿遞給我。

我打開素描簿，裡面全是以鉛筆為主的畫作。與他粗曠的外表不同，線條與構圖很細緻，深深淺淺的陰影層疊，錯落出寫實描繪的風景、靜物、人物、植物、動物。跟小波渡的素描簿上以灑脫線條堆疊出的物體形狀有很大的不同，也可以窺見這兩個人性格上的差異。

我沒想到會川是這麼細膩的人。他過去因裝置藝術而出名，而且最主要是因為他的裝置藝術通常會刻意衝撞敏感議題，例如性別、政治、歷史等，越是大膽無畏地去挑動世人不敢明言的某些話題，就越是受到矚目。例如我記得以前他曾經在一次美術館的邀請展中，刻意加入對當時的某個政治人物與制度的嘲諷，結果遭到抗議而撤除，這讓他一時之間聲名大噪，但同時也有另一種聲音出現，認為他是譁眾取寵，為了成名而故意選擇這種敏感議題。

我曾經在美術展中看過一、兩次會川的作品，基本上他喜歡用一些生活中常見的物品，去用在日常不會使用的地方，感覺就像是在模仿杜象的現代藝術，也曾經有批評者嘲諷他的表現手法過時了。但是我從沒看過會川的畫作。

我沒想到他也是畫寫實風格的，但畢竟他是本間雄太郎的學生，會走這一條路也很正常。只是，這個世界不需要第二個本間雄太郎。

「怎麼樣？」會川問。

「很厲害，會川先生功力深厚。」我將素描簿還給他，真心佩服地說。

「只是畫出眼睛看到的東西而已，畫多了就可以變成這樣了。」會川淡淡地說：「不過，我現在大概也只能畫這些了。」

但是我連這些東西都畫不出來了。

「我記得穗坂小姐妳的插畫也是有點寫實風格，好像曾經在訪談裡說過，妳是受到本間老師的影響？」

沒想到連會川都看過那篇訪談，我只得曖昧地點頭說是。

會川撫著下巴的鬍渣點頭說：「不愧是本間老師的粉絲，所以才能在那都是便宜畫作的藝術市集一眼就看到〈黑夜〉了。」

「一方面是湊巧，一方面也是……」命中註定吧？

我沒有繼續說下去，但我實在忘不了在察覺到那是本間雄太郎真跡時的震撼。

「穗坂小姐也真是幸運，當初在藝術市集上用便宜價格買下的〈黑夜〉，現在竟然能被高價收購，真是賺到了呢。」

我驚訝地看向會川，發現他面露嘲諷神色，但那苦笑或許與其說是對我，不如說是對自己。我不知道該如何回應，只是沉默不語。

「妳別誤會，誰不需要錢？我就很需要。」他的嘴角勾起扭曲的笑容：「我想妳應該聽誠一郎說過了吧，本間老師的遺囑是要我們都說出自己的怪奇體驗，才能拿到他給的遺產。要不是需要錢，誰會來出席這詭異的座談會？

「我這幾年已經沒有任何創作，藝術方面的收入是零，就算拚命畫這種素描也沒用，畢竟沒人要，我得在美術大學預備校上課才能勉強餬口。現在終於有這個機會可以拿到一筆錢，我幫忙鑑定畫作也可以拿到一點收入，為了生活，自尊什麼的都可以賣，只是說說自己以前那丟臉的怪奇體驗也沒什麼問題。」

他說著垂下眉毛：「所以不要因為自己需要錢而感到羞恥，妳面前還有個年過四十，一事無成，還貪戀過去榮光的大叔比妳更羞恥。」

我也搞不清楚會川到底是想要安慰我還是嘲諷我，但是他多半有點察覺我最近這一年的插畫案子工作量已經幾乎是零，才會說這些話吧。被一個同樣落魄的前藝術家安慰，我也不知道該做何反應。

「抱歉，我又開始自卑了。年紀大了就是這樣，老是改不了這個毛病。」會川又道歉了，真不知道這個人到底是憤世嫉俗，還是虛懷若谷。

「不，沒關係……」

「我雖然沒什麼天分，但還是有一點鑑定藝術品的能力，我被燈里小姐找來這裡做鑑定時，才知道原來最近市面上真的有本間老師的偽作。之前都只是聽到傳聞，沒想到其實數量還不少。」會川忽然換了個話題，盯著我說。

我總感覺他好像在觀察我的臉色。「我也聽誠一郎先生說了，這一陣子出現了好幾幅本間老師的偽作，甚至……」

「是的，我也很驚訝……」

「甚至連〈黑夜〉都有。」會川說，一改先前嘲諷的語氣，眼神也變得認真起來了。

「我也幫忙鑑定了好幾幅偽作，包含那幅〈黑夜〉。我必須要說，那做得真的是很不錯，技巧高明，筆觸也模仿得入木三分，不熟悉的人想必會以為那是本間老師的真跡，只是還是騙不了專家的眼睛。那時候我跟燈里小姐都一度懷疑自己的判斷是不是出錯了，後來請了包含濱田教授等幾個美術鑑定的專家，才確認那些真的是偽作。依照我的看法，我覺得畫這幾幅偽作的應該是同一個人。妳覺得呢？穗坂小姐。」

「我？我沒看過偽作，我也不知道……」我嚇得心臟跳了一下。他到底想說什麼？

「是嗎？」會川看了我一會兒，又轉開視線。他經過我身邊，我聞到他身上傳來些微的酒精氣味。我不禁微微皺眉，但又不想讓他看到我的表情，便別過臉去。

會川不知道有沒有發現呢？掠過我身邊後，他踏上前往宅邸的小徑，但又忽然回頭對我說：「對了，穗坂小姐，妳的插畫也是以寫實的人物見長，我以前總覺得，妳畫的女性人物，跟本間老師的風格很類似呢。」

「呃……」

「別誤會，我不是在說妳模仿或抄襲。只是妳畢竟是本間老師的粉絲，難免會受到影響嘛。」

他說完這句話，就朝我揮揮手，逕自離開。只留下我一人站在庭園的小徑上，感覺緊握的手心微微出汗。

第二天九月二日，是座談會的時間。今天晚上應該是由會川來述說他的體驗，但會川一整天幾乎不見人影。早上時他出現在餐廳，整個人看起來是睡眠不足的憔悴，比起昨天與我在庭園小徑上談話時的臉色還要難看。

小波渡準備了有烤土司、炒蛋、煎火腿，和沙拉、咖啡的西式早餐，但會川只啃了兩口麵包就離開了。我不禁想，他這樣子，今天晚上可以好好說出自己的體驗嗎？

白天時，會川似乎都待在房間內，我反倒在三樓的客廳看到了誠一郎與由樹子母子倆。由樹子難得走出房間，讓我很驚訝。她穿著之前也穿過的灰色洋裝，還是打扮得整整齊齊的。今天她似乎狀況不錯，比起前幾天，雙眼多了些神采，我走進客廳時還主動對我點頭打招呼。

「遙香小姐，今天晚上總算是輪到會川先生，就快要結束了。」誠一郎一見到我就以親暱的口氣說。不過遙香小姐？

我裝作沒注意到他的稱謂改變，在比較靠近由樹子的沙發上坐下。「誠一郎先生好像迫不及待了？」

「待在這裡無聊得很，我也還有工作，不能請太長的假。真想快點拿錢回去。」誠一郎率直地說，刻意忽視了一旁母親的瞪視。

我擠出笑容，從桌上的熱水壺倒了一杯綠茶。

「倒是遙香小姐，妳的工作沒問題嗎？」

「沒問題的，都還可以應付。」我曖昧地說。

「看來座談會結束後，我們都會離開，不過會川先生應該還是會在這裡待一陣子吧。我看他可能不想回去東京了。」

「會川先生應該是來幫忙鑑定畫作的吧？」我問。鑑定畫作的話，長期待在這裡也沒有什麼不對。且若如同昨天會川告訴我的，他近期是幾乎沒有收入的狀態的話，搞不好會希望美術館雇用他。

「是呀，畢竟最近我爸作品的偽作有點多，聽說之前在收購時也發現了好幾幅……」誠一郎說著轉了轉眼珠子：「遙香小姐，妳也是一直待在東京，沒聽過會川先生的傳言嗎？」

「傳言？」我迷惑地眨眨眼，看著誠一郎一臉興奮的神情，及由樹子帶點譴責的視線。

「妳沒聽過呀。遙香小姐明明是知名插畫家，但卻對藝術界的八卦不是很了解。」誠一郎說：「在東京的藝術界好像盛傳會川先生曾經殺過人……」

「誠一郎，」由樹子打斷兒子的話，口氣有些嚴厲：「不要說這種沒經過證實的傳聞。」

「這又不是我說的。」誠一郎聳聳肩：「我只是覺得會川先生搞不好是逃來北海道的，他的藝術事業基本已經沒搞頭了，只能在美術大學預備校混口飯吃，然後又有這種不好聽的傳聞……他搞不好到北海道來還比較好吧。」

「誠一郎，這種話可不要在會川先生面前講，他以前也幫了你爸不少忙。」由樹子輕聲說：「而且那根本就只是謠言而已，會川先生不可能做那種事，那跟他沒有關係。」

由樹子似乎知道點什麼，但是不願意多說。誠一郎見無法從母親那裡套到什麼話，也悻悻然地閉上嘴。

我挺直著上半身，右手緊緊壓住左手。希望他們不會發現，不會發現我在顫抖。

「算了，真無聊。」誠一郎撇嘴說，接著忽然像是想到什麼一樣眼睛一亮：「那遙香小姐，妳覺得燈里小姐是我爸的情婦嗎？」

「誠一郎！」由樹子說，雖然口氣算平靜，但稍微壓低了聲線。

誠一郎一臉不悅地閉嘴，但那模樣真像故意惹爸媽生氣的小孩。或許是昨天他說完了自己的體驗，總算是放鬆了下來，便逐漸開始顯露出他那活潑到近乎輕浮的本性。對母親的態度也是，從生疏不願靠近，變成想要引起媽媽注意的調皮小孩。

從小沒受到父母關注的孩子，長大了都會變成這樣嗎？我不禁苦笑。

後來誠一郎也學乖了，不再提這些敏感的話題，只是和我漫無邊際地聊天。由樹子難得精神很好，跟我說了些本間雄太郎年輕時的事情。跟這對母子的閒聊意外地讓我放鬆下來，讓我覺得今晚的座談會應該也會順利吧，雖然我也不知道會川會說出什麼樣的體驗。

晚上九點，我和誠一郎、由樹子、小波渡已經聚集在二樓的會客室。小波渡準備了熱騰騰的紅茶與柳橙紅茶口味磅蛋糕，誠一郎津津有味地吃著。但不見會川的人影。

「會川先生呢？」我問。

小波渡歪著頭說：「晚餐時我還提醒過他的。」

會川在晚餐時出現在餐廳，但同樣氣色不佳，一副病懨懨的模樣，不過他確實承諾今晚會如期出席座談會。

「誠一郎，你要不要去會川先生的房間看看？」由樹子說。

誠一郎放下手中的蛋糕盤，站起身，但他才剛走出會客室沒多久，我們就聽到外面傳來他驚訝的聲音：「會川先生，你可終於來了。你還好嗎？」

會客室內的三人不約而同地看向門口，只見誠一郎帶著會川走進來。會川一身黑衣黑褲，臉色雖有些蠟黃，但表情比晚餐時要明朗些。

「抱歉，我來晚了。」

「會川先生，如果你今天覺得不舒服，也可以考慮延期或換人……」小波渡說。

「沒關係，我沒事的。」會川打斷小波渡的話：「我現在覺得好多了，今天沒問題。」

小波渡無色的瞳孔凝視著會川一會兒，才緩緩開口：「好的，我了解了。那麼今天的座談會，就由會川先生說明他的體驗。」

說完以後，小波渡走到會川背後的一個椅子上坐下。

會川坐在沙發椅上，調整了一下姿勢，接著開口：「那是十年前的事情了。是幾年呢？二〇〇八年吧。那一年，本間老師要在東京辦個展，但那個時候他人已經幾乎都窩在北海道，不離開這棟宅邸了，所以就委託我幫忙處理一些個展的事務……」

白晝・再

本間老師的個展，就在我也很熟悉的藝廊，永倉藝廊舉辦。那裡的老闆永倉壽美算是我當時的經紀人，幫我經手一些藝術展覽的事務。大概是因為有這層關係，本間老師才委託我協助個展的處理吧。

那一天，我早上就到位於銀座的永倉藝廊，因為本間老師大部分要展出的作品都到齊了，我得去確認每幅畫的狀況和展出的位置。那一次個展也展出了〈白晝〉。對，我事前就已經跟由樹子女士的娘家堂島家聯繫，希望可借出〈白晝〉，堂島家很快就應允了。我到永倉藝廊的時候，正好是包含〈白晝〉在內的幾幅作品送來的時候。

是的，那是我第一次接觸〈白晝〉的真跡。不，我看過〈黑夜〉，我記得〈黑夜〉是在那一年的前後賣出的吧，但賣出之前，我曾經在本間老師的個展看到過，那時候倒是沒有什麼奇怪的體驗。

記得當時我親手將〈白晝〉掛上牆時，心裡還想著，真的是跟〈黑夜〉同樣構圖，但色調卻完全不同的連畫。但有趣的是，即使構圖和人物的動作表情幾乎完全一樣，僅只是色調的改變，卻可以給人完全不同的印象。相較於〈黑夜〉，〈白晝〉雖然更明亮，但卻不是那麼刺眼，給人更加柔和的感覺。

對了，我想起來那個之前買下〈黑夜〉的企業家，原本是想連〈白晝〉一起收藏的，但由樹子女士不肯讓出才作罷。由樹子女士，妳那個時候為什麼不肯售出〈白晝〉呢？喔？妳沒有賣出任何一幅本間老師的作品？原來如此。

我掛上〈白晝〉，巡視了一下藝廊，確認所有作品都掛上牆，沒問題之後，原本打算馬上就要離開的，但永倉壽美卻在這個時候逮到我了。想來她大概也是刻意在這個時間過來藝廊的吧，畢竟我已經好幾個月都避不見面了。

「會川君，等一下有空吧？來我辦公室坐一下。」永倉壽美以不容拒絕的態度說。

我心裡雖是百般不情願，但想到我已經躲避了好幾個月，而我跟永倉的經紀約還沒結束，只能跟著她走進辦公室。我的心情十分複雜，過去是因為永倉的建議，我開始做裝置藝術，才能在藝術界掙得一點名聲，就這方面來說，永倉也算是我的恩人。但是如今，我也搞不清楚我當初接受永倉的建議，到底是好還是壞了。

永倉帶著我進入那間放置許多名畫與雕塑的豪華辦公室，請祕書端來熱騰騰的咖啡。當時的永倉壽美大約是五十多歲，一頭染成棕紅色的鮑伯短髮，身穿米白色套裝，身材還是保養得挺好的，但為了遮掩臉上的皺紋而畫了一臉大濃妝。我迴避著她凌厲的視線，只是食不知味地小口啜著咖啡。

「會川君，你什麼時候可以有新作品？」永倉單刀直入地明說了。

「我說過了，我不做裝置藝術了。」

「你不做裝置藝術，能做什麼？你要回頭去畫油畫嗎？」永倉用嘲諷的語氣說。

見我默不作聲，永倉又繼續說了：「今天你來幫本間先生策展，應該就知道了吧？藝術界只有一個本間雄太郎，你再怎麼努力，也贏不過你的老師，除非你能發展出完全不同的風格。但是你沒辦法吧？會川君，你用來練習的素描簿，畫得還是跟本間先生一樣的寫實風格，不是嗎？」

我轉過臉說：「那些素描簿只是練習跟示範給學生看的。」

「那你的作品呢？你什麼時候要創作？」永倉停頓了一下，又放輕語氣說：「會川君，你應該也知道，如果太長時間沒有作品的話，很容易被遺忘的。這一年來，我已經回絕掉好幾個美術館和藝術展的邀約了，因為這樣，邀約也越來越少了。你再不參展，再沒有新作品的話，很快就會被淘汰了喔。」

這樣子比較好。我多麼想要消除業界對會川真人這個人的記憶。

「會川君，你只是遇到一點瓶頸而已，這沒什麼，很多藝術家都是這樣子的，他們也都挺過來了，不是嗎？當然本間先生是特例，不過每個藝術家的創作都有高峰期跟低谷期，這很正常的，你現在只是在低谷期而已。」永倉柔聲勸慰：「我前兩天接到明年年中藝術展的邀約，我先幫你答應下來了，還有一點時間，你還可以好好做準備……」

聽到這件事，我先是錯愕，接著感覺到一股火氣湧上心頭，我顫抖著說：「妳為什麼擅自答應了？我不是說了我不再接這種邀約了嗎？」

「會川君，你只是一時受到打擊而已，誰不會被批評呢？你能被批評，就是受到矚目的象徵呀。」永倉氣定神閒地說。

「那不過是些譁眾取寵的東西，沒有內涵的垃圾。」我氣憤地說。

「這有什麼不好？你可別忘了，就是因為專門做敏感議題的裝置藝術，你才能受到業界的注意。」永倉嚴厲地看著我：「厲害的人可以把垃圾說成藝術，把批評化為動力，才能在這個業界生存下去。

「會川君，你應該知道現在這個年代，要成名並不容易，而成名了以後還要維持下去更不簡單。會川君，你真的要放棄這好不容易得來的名聲嗎？你說說看你今年的收入有多少？我聽說你離開之前的藝術大學後，現在在美術大學預備校教書，但收入應該是之前當兼任老師的一半吧？你就算不為自己想，也要想想孩子的贍養費……」

我倏地站起來，居高臨下地看著永倉。這個十分精明，有生意頭腦，面對任何大場面都遊刃有餘的女性，一時之間也閃現了錯愕且有些畏怯的神情。

我雙手握緊拳頭，試圖抑制全身因憤怒的顫抖。「不管妳怎麼說，我都不會再接裝置藝術的案子了，我也不會再做你們預期的那種作品。」

說完我轉身離開，永倉在我背後說：「你真的決定要這麼做嗎？會川君。你可要仔細想清楚。我們的經紀約到年底，你若是不接下這個展覽，到年底前也沒有任何新作品，我就考慮不跟你續約了。」

我稍微暫停腳步，沒有回頭地說：「我也不打算續約了。」

「你真的不後悔？」永倉繼續說：「如果沒有我們藝廊的援助，你以後可是很難在這個業界生存下去喔。」

「妳在說什麼呢？永倉小姐。你們能擺脫掉我這個燙手山芋，可是高興都來不及，不是嗎？」

「會川君……」

我沒有繼續聽永倉的說教，大跨步離開她的辦公室。躲避了數月的面談，最終還是撕破臉了。唉，明天是本間老師個展的開幕式，我也得出席，但真不想再跟永倉壽美打照面了。

我都已經決定不再做裝置藝術，也不再自稱藝術家了，跟永倉的關係就到此結束吧。本間老師要我做什麼，我就幫他做什麼，但從今以後我只是本間雄太郎的學生，而不是藝術家會川真人。

我氣得沒有心情吃飯，離開藝廊以後，直接來到位在澀谷的美術大學預備校，因為那天下午有跟學生的訪談。

我想這件事情在場幾個人應該都知道，我也不想隱瞞。二〇〇七年，我參加國立近代美術館邀請的展覽，做了一個裝置藝術，批判日本的教育制度，結果引起了一些反彈，有人去我擔任兼任教師的藝術大學抗議，所以我被解雇了。我失去固定收入，因此在以前藝術大學的同學萩原登的介紹下，在澀谷的這間美術大學預備校當教師。

我在預備校能教什麼呢？預備校的學生都是為了考藝術大學而做準備的，不外乎是磨練基礎技能與創意表達，而我這個只知道以嘩眾取寵的裝置藝術吸人眼球的失敗藝術家，哪有什麼東西能教？我大概也只能指點一下學生的基礎技能，示範和教導素描技巧。看著這些學生拚命練習，憧憬藝術大學生活的眼神，就讓我覺得刺痛。

你們遲早會知道，不是所有人都能跟本間雄太郎一樣。你或許覺得自己有才能、有創意，但在那種壓倒性的天才面前，也是一文不值。

那天，我跟萩原一起和兩個學生做訪談。那時候接近年底，藝術大學的入學考試大多都是在每年的年初，二、三月左右，所以是學生們衝刺的最後時刻。但也有學生在這個時期被壓力給壓垮，表現不如預期。

我還記得兩個學生的名字，八木原亞矢子和井出義一，兩個當時都是二十歲左右的年輕人，也都重考過兩次了。那天他們的臉色不是很好，八木原最近的作品有點流於形式，只是在技巧上鑽研，沒有想要突破創意，而井出的狀況更糟，他有時候連作業都交不出來，意志也很消沉。

「老師，我已經決定了，」八木原嚴肅地說：「如果這一次再沒考上，我就放棄藝術大學了。」

「你確定嗎？」萩原有些擔心地問：「我知道不斷地準備重考很疲累的，但你一旦決定了，就不要後悔。」

八木原咬著下唇想了一會兒，又堅毅地開口：「我知道，但是我不能再給家裡帶來負擔了。我也跟我爸媽講好，就到這一次為止。」

「既然如此，就全力以赴吧。你其實很有能力的，最近可能是因為太焦慮了，表現有些失常。但是就當最後一次的挑戰，或許反而可以激發潛力，不過也不要給自己太大的壓力，好嗎？」萩原溫柔地說：「而且，也不是一定非得走藝術大學這條路才能有成就，還有很多出路的。」

八木原還算是心態正常，這一次拿出破釜沉舟的毅力，搞不好得以闖關成功。但井出就不一定了。訪談中，不管我跟萩原問了他什麼，這年輕人都支支吾吾地說不出什麼話來。他以前不是這樣的。之前我對他的印象是有點得意忘形，但還算是有點實力的渾小子，可是他最近似乎陷入了瓶頸與低潮，作業常常半途而廢。

「井出，我就老實說了，若是一直都是這樣的狀態，明年可能不會有好結果。」萩原擔憂地皺眉說：「你最近還好嗎？雖然接近年底了，但我覺得你可以調整一下，畢竟還有點時間。」

井出神色陰沉，默不作響。

「你有什麼想法？」我問：「有時候休息也是一個選項，如果你覺得自己調整不過來，明年先放棄，下一次再挑戰也是可以的。」

聽到我說「明年先放棄」，井出下垂的肩膀稍微跳了一下。他終於喃喃開口：「我不是畫不好……我盡力了……可是沒有人懂……」

「我了解，」萩原趕緊說：「但就像會川老師說的，休息也是一個選項，有時候一直想要拚盡全力，也是會被壓力給壓垮的。井出，你應該要好好考慮一下……」

「……我盡力了……但為什麼都沒有人懂？我明明就……」

我忽然覺得厭煩了起來。我沒有萩原的耐心去面對這些有各種壓力與情緒的學生。我也是念過預備校的人，我也知道不斷準備重考藝術大學是很苦的，看不到盡頭的努力，不被認可的付出，對自己的懷疑，每個應考學生都經歷過這些反覆的折磨，但我不想再去同理這些學生的痛苦了，因為我也已經筋疲力竭了。

萩原還在想試圖勸導井出，我已經想撒手不管了，反正我這種失敗的落魄藝術家，說出來的話也不值得一聽。

這個時候，我們都同時聽到外頭的走廊傳來一陣怒吼聲：「你到底想要做什麼？你真的想要考上嗎？一直抱怨是別人沒有看出你的才能，怎麼不想想你自己究竟有沒有才能？你不知道我每天面對你們這些不長進的學生實在是很痛苦呀，為什麼要這樣折磨我？與其在那邊抱怨別人不賞識你，不如去畫畫！不想畫的話，乾脆放棄算了。你這種人怎麼不去死？」

在場每個人都露出驚訝而尷尬的神色。在外頭怒罵的人是誰？我記得預備校有一個脾氣暴躁，常常怒罵學生的老師，是個叫藤本善紀的中年男性。聲音聽著有點像他，但我剛剛進來預備校時又沒有看到他。到底是誰？

與學生的會談就在這尷尬的氣氛中結束了。兩個學生的臉色都不太好看，不過八木原或許是下定了決心，神色還算晴朗，井出則還是很陰沉。

原本接下來還有另外兩個學生要訪談，但萩原說：「會川，你還好嗎？看起來很累的樣子。」

「早上去幫本間老師布展，明天還有開幕式，一定得要到場。」

「那你先回去休息吧，接下來我來做訪談就可以了。」

「可是……」

「會川，」萩原說著一手搭上我的肩膀：「你累了，回去休息吧。」

我不知道他那眼神是什麼意思。是同情？是同理？還是輕蔑？但我真的覺得累了，所以就承蒙萩原的好意，提早離開預備校。

我開車回去位在大田區的公寓。我在那裡也住了快十年，原本在附近還租了一個工作室，但去年退租，工作室內的那些物品跟材料都被我丟了。半路上我才感覺肚子餓了起來，想起自己因為早上跟永倉壽美不愉快的談話而失去胃口，沒吃中飯。我開著車，心不在焉地想著家裡的冰箱內還有些什麼食材，反正我是一個人，隨便做點東西，配啤酒就能解決一餐了。

……對，我在那一年的年初離婚了，兒子跟著他媽媽離開。我當時就開始一個人生活，直到現在。

有什麼差呢？反正失去的東西都不會再回來了。我不再創作，也恢復了單身，變得跟年輕時候一樣孤身一人，但我已經沒有那個想要闖出點名號的熱情了。就是因為那不知天高地厚的野心，才讓我受盡折磨。

我什麼都不想，只想快點回到家裡，喝個啤酒，洗個澡，睡前畫點素描。落魄大叔的生活樂趣就只剩下這些了。

我住的五層樓公寓前就是給住戶使用的停車場。我停好車後，準備進入公寓時，忽然覺得好像有什麼地方怪怪的。我抬頭一看，三樓我公寓房間的窗戶竟然透著燈光。奇怪了，難道我早上出門前沒有關燈嗎？但不可能，面對停車場的是客廳的窗戶與陽臺，那個方位陽光充足，基本上早上我是不會開客廳燈的。

我正狐疑地想到底是怎麼一回事時，一瞬間，我看到有一道黑影從窗前閃過。

我不禁嚇出一身冷汗。有人闖入我家？還是我前妻過來了？

我趕緊掏出鑰匙，三步併作兩步地爬上樓梯，來到我房間的門口。我打開門，門後果然透著燈光。玄關的燈沒有開，但裡面客廳與房間的燈卻是大開著。我聽到房間裡面傳來聲音，那是什麼聲音？我知道這聲音，轟隆作響……

「……我每天面對你們這些不長進的學生實在是很痛苦呀，為什麼要這樣折磨我？與其在那邊抱怨別人不賞識你，不如去畫畫！不想畫的話，乾脆放棄算了。你這種人怎麼不去死？」

我猛然睜開眼睛，發現我坐在預備校的訪談室內，外頭那怒吼的餘音還迴蕩在耳內，而眼前的三個人睜大眼睛看著我，好像我做了什麼不可思議的事情。

這是怎麼一回事？我剛才是在做夢嗎？我竟然在跟學生訪談時睡著了嗎？而且剛剛的夢境也太真實了吧？

八木原和井出一臉尷尬地看著我，萩原也露出譴責般的神情，訪談就這樣不了了之。兩個學生逃也似地離開教室，萩原擔憂地看著我說：「會川，你還好嗎？」

我想自己打瞌睡確實有不對的地方，便對他道歉：「對不起，還在訪談中，我竟然……」

「好了好了，別說了，我知道你最近在幫本間老師布展，很忙很累，但也不能忽略這邊的工作呀。」萩原嘆口氣說：「你明天還要忙吧，我看你就先回去休息，等一下的訪談我來做就可以了。」

不用他說，我也想快點回去休息。那夢境太奇怪了，有一種不祥的預感。我離開預備校，去停車場開車。戶外寒風蕭瑟，我上了車後隨即打開暖氣，但背上黏膩的汗水依然冰冷又僵硬。

那只是夢而已。我這樣告訴自己，勉強讓自己專注在開車上，只是夢而已。

但我的祈禱破滅了。當我回到公寓，停好車後，抬頭往我房間的方向一看，窗戶果然透著燈光，而下一瞬間，一道黑影閃過窗前。

跟方才的夢境一模一樣。難道我還在做夢？

我全身簌簌發抖，踏著搖晃的腳步走上樓梯，接近房間的門口。

我打開門。一切都跟方才的夢境一樣，玄關沒有開燈，但裡面客廳與房間的燈火大開。然而這一次，我踏進了玄關。那個聲音還在，轟隆轟隆，從聲音的出處與迎面撲來的水氣與熱氣，我判斷那聲音是來自浴室。

我戰戰兢兢地脫了鞋，往浴室的方向走去。浴室的門半遮半掩，裡頭傳出聲音與溫熱的水氣。啊，那是水聲，浴缸的水龍頭被打開了，如湧水般流洩出來。我站在浴室門口，透過半開的門窺視著裡面，我看到洗臉台，洗衣機，雜亂堆著髒衣物的洗衣籃。而隔著那扇半透明的門，燈光閃爍，裡頭傳出轟隆水聲。

為什麼？

「……不想畫的話，乾脆放棄算了。你這種人怎麼不去死？」

我猛然睜開眼，發現自己還是坐在預備校的教室內，那陣怒吼的餘音繚繞，另外三個人一臉驚愕地看著我。我不禁全身發抖，冒冷汗。不會吧？剛才的也是夢？我到底做了幾次夢？從哪裡開始是夢？

約莫是我的臉色太糟糕，八木原和井出都畏畏縮縮地看著我，萩原一副很震驚又擔心的樣子說：「會川，你沒事吧？你看起來……」

我感覺全身不斷冒冷汗，背上的襯衫溼黏一塊。不行，我得回去看看，看看那浴室裡究竟有什麼……我當時只是這麼想，搖搖晃晃地站起身，走出教室。我似乎聽到萩原在我背後喊了些什麼，但我聽不清楚，也不想聽，我只想去確認我家的浴室裡究竟有什麼。

我離開預備校去開車，即使車上的暖氣再強，都無法阻止我額上落下的冷汗，汗水順著髮梢與眉毛落在眼皮上，我一邊開車，一再地抬起手臂擦去眼皮上方的汗水。現在想來，我在精神跟身體狀態都不太正常的狀況下，還能平安開車回到住家，真是奇蹟。不過，這搞不好也是夢境。

我停好車，戰戰兢兢地抬頭一看，果然又是一樣的情境，三樓我的房間窗戶透著燈光，一道黑影一閃而過。又來了，我踏著沉重的腳步攀上樓梯，我還要重複幾次？

我打開門，當然還是一樣的情境，我沒有什麼猶豫，就脫鞋進入室內，直接走向浴室。半遮掩的門內傳來轟隆水聲與蒸騰熱氣，我踏進浴室，緩步走向那扇半透明的門，雖然有燈光，但似乎沒有人影。真的有東西在裡面嗎？是誰打開浴缸的水龍頭？我推開半透明的門，一片熱氣迎面撲來。

蒸氣氤氳中，我看到水龍頭大開，浴缸內的水不斷溢出，地板一片潮溼。浴缸內似乎有什麼。

我先是看到浴缸的邊緣擺著什麼東西，過了一會兒，我才意識到那似乎是一條手臂。手掌，手臂，然後我看到連著手臂，浸泡在水中的身軀，只是不知道為什麼，那身體竟是乳白色的。

再睜開眼睛時，我一個人坐在預備校的空教室內。我背靠著椅子，雙手雙腳攤開，頭低垂，看來我似乎是坐著睡著了。教室內除了我以外空無一人，其他人去哪裡了？我不是和萩原一起在做學生訪談嗎？還是訪談已經結束了，而我累到在無人的教室內睡著？

剛才那一切都是夢？我做了一個很長很長，不斷重複的夢？正當我心中滿是疑問時，聽到外面走廊上傳來腳步聲，且這腳步聲半跑半走，似乎有些匆忙。不久之後，教室的門打開，冒出萩原蒼白的臉色。

「會川，原來你在這裡。」

「怎麼了？」個性沉穩的萩原很少這麼慌張，我內心湧上不祥的預感。

「你沒聽說嗎？」萩原表情僵硬，嘴角顫抖地說：「井出自殺了，在自己家裡割腕……」

04

會川說完了他的體驗後，眾人先是陷入一片沉默。會川的故事也非常離奇，不斷重複的夢境，讓人搞不清楚他是何時開始做夢的，而那種彷彿一點一滴揭露真相的感覺，更是令我不寒而慄。

浴缸裡躺著什麼人……我壓抑著想要尖叫、逃離這會客室的衝動，只是全身僵硬地坐在沙發上，動也不敢動。

「會川先生也是看見全身是乳白色的人……」誠一郎先開口，他思索了一會兒：「那也是〈白晝〉的化身嗎？」

「聽之前誠一郎說的體驗以後，我也覺得乳白色的人應該就是〈白晝〉的化身。」會川說，但他的臉色相當疲憊。

「真是不可思議……但會川先生，你看到躺在你家浴缸內的人的臉嗎？那是誰？」

會川遙頭：「沒有，或者我看到了，卻不記得了。」

「是那個自殺的學生嗎？」

面對誠一郎直接的問題，會川瞪大眼，但又緩慢地搔頭：「我不知道，但我想應該不是。」

如果不是自殺的學生，那會是誰？

「如果是自殺的學生的話，那豈不是簡直就像預言一樣？」誠一郎說：「就像媽那天說的體驗一樣，好像看到了十年後才蓋好的房子。燈里小姐，〈黑夜〉和〈白晝〉有這種能力嗎？」

「我也不知道，」小波渡微微聳肩。「我也是第一次聽說，而且之前聽到的傳聞好像都沒有這種狀況。」

誠一郎與小波渡在討論時，我發現會川陷入沉默中，仔細一看，他臉色蒼白，額頭浮著汗水，微微喘著氣，似乎有點不舒服的樣子。

「會川先生，你還好嗎？」我忍不住問。

「嗯？我有點……不舒服……」他說，但嘴角扭曲，似乎正強忍著痛苦。

「會川先生，」由樹子今天晚上第一次開口：「你先去休息吧。」

「會川先生，你已經說完體驗了，若身體不舒服，請先回房休息。」小波渡也說。

「說得也是，我就恭敬不如從命了。」會川說，雙手撐著沙發扶手，似乎是很勉強才能站起身。

誠一郎一瞬間有點想要起身扶住他，但是見會川順利站起來，他便沒有動作。會川默默無語，踏著蹣跚的腳步走出會客室，我們都聽著他緩慢地走上樓梯的腳步聲。

直到那聲音消逝了，誠一郎喃喃地說了一句：「難道是酒癮發作了？」

「誠一郎，別說這種事。」由樹子有些譴責地看著兒子。

看來所有人都看得出來，會川應該是有酒癮。從他方才敘述的體驗中也可大略得知，大概從十年前，他的藝術家事業破滅，也與妻子離異，和兒子分開以後，就開始大量喝酒了。他身上微微傳出的酒味，蠟黃的臉色，過瘦的身體，都是訊號。但是誰能責怪他呢？我也可以體會那種夢想破碎的感覺，若不用什麼東西去麻醉那股疼痛，就會活不下去。

「燈里小姐，終於快結束了呢。」誠一郎以略帶興奮的口吻說。

「接下來就剩穗坂小姐了，」小波渡對我微笑：「那麼下一次的座談會，就定在九月四日的晚上九點。時間地點會由我再告知會川先生，各位今天可以休息了。」

我們回到三樓的居住空間，本間母子是住在右棟，我和會川住在左棟，他的房間與我的房間中間隔了一個空房。經過會川的房間門前時，後頭寂靜無聲，門縫底下也沒有透出燈光。或許他真的很不舒服，早早就休息了。

我回到自己的房間，也想換了衣服快點入睡。進入浴室洗臉刷牙時，我不敢看一旁的浴缸，便將浴簾拉上遮住。雖然遮住也有恐怖之處，畢竟會變得不知道那浴簾後有什麼，但聽了會川的故事後，我真的很不想再面對浴缸了。

躺在浴缸裡的人……

不，別想了。我匆匆梳洗完畢，走出浴室，關燈躺上床。

睡夢中，總覺得聽到了水的聲音。沒有關的水龍頭，流瀉出大量的水，浴缸滿了，水不斷從邊緣漫出來，伴隨著那水波載浮載沉的，是一條手臂。我忽然聞到了那刺鼻的氣味。

我在黑暗中睜開眼，感覺心臟狂跳，汗水直流。沒有聲音，浴室裡沒有聲音，也沒有味道。是夢，我告訴自己，我只是在做夢。悄然無聲的夜裡，只有我自己的喘息。

第二天早上，小波渡準備了口味溫和的和食早餐，樸實而溫暖的味道，也令昨晚睡得輾轉反側的我胃口大開。誠一郎明顯地精神很好，情緒激昂，多吃了兩碗白飯。大概是因為離座談會結束，他可以取得父親的遺產並離開這裡的日子近了吧。

老實說，我也是同樣的心情。我也希望可以快點結束座談會，快點跟小波渡等人談〈黑夜〉的收購。但還得要多等一天，真是難熬。

不過，餐桌上卻缺了會川。我們四人都吃完了，小波渡也收拾好餐桌，但仍然不見會川的身影。我在這裡待了約莫一週，知道會川雖然不見得都會準時出現，但總是會來吃早餐。

不過今天似乎有點晚。是不是受到昨天晚上座談會的影響呢？我想起昨晚會川那蒼白，冒著冷汗的臉，以及彷彿在忍受著痛苦的神情。

我正想提問時，沒想到是由樹子比我先開口。

「燈里小姐，會川先生呢？」

小波渡搖頭：「我沒看到他。他今天似乎有點晚呢。」

由樹子又轉向我問：「穗坂小姐，妳早上離開房間時，有看到他嗎？」

「我也沒看到。我經過他的房門時，好像沒聽到什麼動靜。」我說。

由於由樹子明顯地面露憂色，誠一郎忍不住問：「媽，妳在擔心什麼？昨天晚上座談會結束時，會川先生看起來蠻不舒服的，或許他今天想多休息一下。」

「正因為這樣我才擔心呀，」由樹子憂心忡忡地說：「他昨天那副模樣，如果出事的話……」

誠一郎聽了隨即轉換想法，「好吧，我去他的房間看看。」

誠一郎跨步離開餐廳，往左棟的方向走去，由樹子跟在他後面，我和小波渡也跟隨上去。

早晨的走廊一片靜謐，從窗外灑進來的陽光點點落在地板上。我轉頭看向窗外，景色如麗、微風清新，但不知道為什麼，我的心臟不舒服地跳動著。誠一郎走至會川的房間門前，抬手敲門。

「會川先生，你醒著嗎？」他喊道：「會川先生？」

他敲了幾次門，而且越敲越大聲，最後那幾下甚至讓白色的門板震動了幾次。但即使敲得如此用力，門的對面還是默不作聲。

「他難道離開了嗎？」誠一郎歪著頭說。

「不，會川先生的出租車還停在外面的停車場。我今天很早就起床，也沒看到庭園有人。」小波渡篤定地說。

「燈里小姐，妳有房間的鑰匙嗎？」誠一郎問。

「每個房間有兩把鑰匙，一把給房間的使用者，一把由我保管。」小波渡點頭說：「你們等等，我去拿鑰匙過來。」

小波渡以我沒見過的極快速度離開。誠一郎的臉色頗為難看，像是在想怎麼會遇到這種事情，而由樹子整張臉都是白的，兩眼發直，我有些擔心她是不是要倒下，便靠近她一些。但其實我也覺得不太舒服，過了好一會兒，我才發現自己的手在微微發抖。

會川應該沒有離開這座宅邸。早上離開我的房間之前，我也從陽臺的落地窗看到外面的停車場還是停著小波渡的白色轎車，與誠一郎和會川的兩輛出租車。如果他沒在庭園，想必就是還在房間裡吧。但發生了什麼事，讓他無法應門？

等待小波渡將鑰匙拿來的時間好像非常漫長，但其實也不過是兩、三分鐘而已。小波渡走過來，不發一語地拿鑰匙開門。沒有人說話，但這沉默氣氛的張力彷彿會隨時炸裂開來一般。

門打開，我第一個發現的是味道。或許八月底九月初的北海道相當溫暖，但也不至於發出如此沉悶的熱氣吧？會川的房間幽暗無光，沒有開燈，落地窗的窗簾拉起，封得密實。小波渡率先踏入房間，順手打開門邊的電燈開關。透過站在我面前的小波渡和誠一郎的縫隙間，我看到這房間的地板上堆積了不少東西，仔細一看，都是空的啤酒罐。

有不少啤酒罐就這樣堆積在地板上，有些則是塞在便利商店的塑膠袋內，數量相當多，大概只留下一小條道路，可以從門口走至床邊。我記得廚房的冰箱內是放了一些啤酒，小波渡每次去採買時似乎都會補充一些，但數量不可能這麼多。這大概都是會川自己開車出門時買的吧。他酗酒的狀況比我們所有人都想的還要嚴重。

但是，「人呢？」我聽到誠一郎喃喃說了這麼一句。

確實沒有看到會川的身影。那張雙人床上放著凌亂的被子，但沒有人影。我忽然覺得有點不對勁，總覺得有一股奇妙的氣味從一旁飄過來。我不覺轉頭，發現我旁邊就是浴室的門口，低頭一看，門底下透著燈光、聲音和氣味。

我全身開始抖動起來。「……誠一郎先生……浴……浴室……」

他臉色一變，衝過來氣勢洶洶地打開浴室的門，然後他的動作瞬間停止，像是被定格一般，雙眼先是死盯著浴室內部一會兒，接著彷彿第一次測試動作的機器人一般，僵硬地轉過臉，他露出一副快要嘔吐的神情。誠一郎轉過身，擋在我和由樹子的面前。

「別看，」他雙眼赤紅，沙啞地說：「媽，妳跟我出去。燈里小姐，請妳報警。」

由樹子個頭比較嬌小，被兒子擋在身前，什麼都沒看到，但是望見誠一郎的臉色，她也知道發生了什麼事，便垂頭喪氣地乖乖任由兒子將她拉出房間。

但誠一郎讓開浴室入口時，我瞥見了裡頭的景象。

浴缸裡是滿滿的水，水是紅色的。在紅色的液體中有具被泡得蒼白浮腫的身體，會川的臉剛好浮在水面上，雙目緊閉，眉頭緊鎖，彷彿正做著惡夢。那氣味，鐵鏽般的氣味。

我感到一陣暈眩，下一瞬間我發現自己坐倒在浴室門邊的地板上，屁股還壓住了好幾個空啤酒罐。

小波渡靠過來，扶住我的手臂。「穗坂小姐，妳還好吧？」

我雙腿打顫，全身發抖，話也說不出來。小波渡用力將我拉起來，撐著我的臂膀，把我拉出房間。出來到走廊，那氣味變淡了，我才終於能扶著牆壁站好。

「會……會川先生……他……」我想說話，但牙齒一直咬到舌頭。

「對，我看已經不行了。」小波渡冷靜地說：「穗坂小姐，妳要回自己房間休息嗎？不要？那我帶妳去起居室，我得去報警。」

方才小波渡應該也看到了浴室內的景象，但她依然面無表情，那雙沒有顏色的眼瞳也看不到任何情緒。她覺得無所謂嗎？還是早已預料到了什麼？

小波渡帶我至起居室坐下後，便打電話報警。誠一郎似乎帶著由樹子回去她的房間，好一陣子不見人影，而小波渡報警之後也不知道去了哪裡，留我孤零零的一個人坐在沙發上。我不敢回去房間，因為若要回去就得經過會川的房間，但一個人坐在這裡等也讓我害怕，為什麼大家都要像那個人一樣把我丟下呢？

我思緒混亂地胡思亂想之際，小波渡又出現，幫我泡了杯熱茶。而三十分鐘後，警察和救護車終於抵達時，誠一郎才又再度現身。他似乎是帶著母親回去房間，讓情緒不穩定的由樹子吃下抗憂鬱劑和安眠藥，等她入睡以後才離開。

小波渡和誠一郎帶著警察與救護人員到會川的房間。我看到誠一郎一臉鐵青，似乎是不想再多看一眼浴室中的景象，但或許是意識到自己是這宅邸內唯一的男性，且這同時也是他父親的宅邸，他得要盡到一點義務吧。小波渡倒是一如以往的冷靜，連警察與救護人員們看到她的眼睛時一副驚愕的模樣也沒有放在眼裡。

而我躲在起居室，拉上隔間的拉門，不想看到外頭的景象。偶而傳來的腳步聲與說話聲都令我膽顫心驚。

躺在浴缸裡的人……

不行，不要再想了。我抱住自己的雙臂，試圖抑止全身的顫抖。我必須離開，必須離開這裡……再這樣下去我會……

我動不了，只能縮著身子躲在客廳的角落。

不知道過了多久，我聽到外頭傳來腳步聲，接著有人拉開隔間的拉門。是小波渡。但她身後除了誠一郎和樋口律師以外，還跟著兩個陌生男人。一人約莫四十多歲，個頭不高，但肩膀寬闊，身材壯實，一張剛硬的方臉，另一人較年輕些，頂多三十歲，又瘦又高，臉像馬一樣長。兩人都穿著感覺有點廉價的灰色西裝，可能是尺寸不是很符合，邋遢地垂掛在肩上。為什麼兩個年紀與身材都相差甚遠的人，穿起西裝卻散發出同一種氣息呢？

直到小波渡向我介紹這兩人是警察，我才明白為什麼。

年紀較大的警察自稱市野匡平，年紀較輕的警察自我介紹是三橋秀仁，他們是從苫小牧的警察署過來的刑警。我聽到這兩人自稱刑警，不禁緊張得挺直背脊。而小波渡似乎是看出了我的緊張，在替幾位客人倒完茶後，便走過來在我身邊坐下。

市野表示希望取得我們的同意，說說這幾天會川的狀況，以及昨天晚上的情形。

「既然樋口律師也在場，應該沒關係。」誠一郎說：「不過我媽吃了安眠藥，大概還要兩、三個小時才會醒來……」

「這沒問題。」市野很快地說：「令堂是本間由樹子女士吧？我們可以等她情緒比較平靜以後再來問話。」

但在市野和三橋開始正式問話前，樋口先發難：「我先請問一下，兩位的初步判斷，會川先生應該是自殺吧？」

三橋沒說話，但市野氣定神閒地說：「照現場狀況看來是可以這麼判斷。浴缸內找到了用來割腕的剃刀，但一切都還很難說。死因要看法醫相驗的結果，現場狀況和物品都還要經過鑑定才能確認。」

「我聽說房間內發現了遺書？」樋口繼續緊咬不放。

「似乎桌上是有一些紙條和筆跡，但還需要鑑定。」市野說，那張方臉露出溫和的笑容，但眼睛完全沒有笑。「我說樋口律師，這只是例行性的問話，不需要太警戒，我們也沒說你的當事人是嫌疑犯呀。」

「但你們也沒肯定說是自殺吧？」樋口也是很精明。「不過你就問吧，市野先生，但希望不要問得太超過，本間雄太郎先生可是安村町的名人，我可不希望傷害到本間先生的名譽。」

「但如果是自殺的話就沒關係？我記得這宅邸以後是預定要開放作為美術館跟民宿的吧？」市野嘲諷地說。

「你不知道有些人就是喜歡這種有點靈異的神祕調調？」樋口哼了一聲。也不知道他這回應究竟是逞強，還是他真的這麼想。

「我知道了，那麼樋口律師，我可以開始問話了吧？」

「請。」

市野先問了我們各自的姓名和來這裡的理由。當小波渡和樋口提到本間雄太郎的遺囑以及怪奇體驗座談會時，市野和三橋都挑眉，露出有些不解的神情，但他們似乎認為這可能是有錢藝術家的娛樂，並沒有追問太多，只是確認了舉辦座談會的時間，敘述者的順序等細節。

「會川真人先生似乎已經在這裡住了一段時間了？」三橋問。

「會川先生是在七月的時候過來的，已經在這宅邸住了兩個月了。」小波渡說：「我們其實在本間老師過世的一個月後就邀請他過來了，但他一直到六月以後才答應。」

「是要處理掉他在東京的租屋嗎？」三橋又說：「七月的時候，他似乎把東京的房子退租了，好像也已經一年以上沒有工作了。」

原來是這樣嗎？會川已經清理掉了東京的一切，難怪誠一郎說他就像是逃來北海道一樣。

小波渡說：「我們請會川先生過來幫忙鑑定本間老師的作品，基金會原本也打算在美術館開幕後，繼續聘用他擔任館員……」

「原本？」市野沒有放過小波渡回覆中的任何一個疑點。

小波渡與樋口對看一眼，兩人都沒說話，但市野已經察覺到了什麼。「是酒吧？那個房間裡面的啤酒罐多到可以淹死人。喝的量這麼大，應該已經是酒精中毒了吧。他酗酒被你們發現了？」

「也不能說什麼發不發現，」樋口勉為其難地開口：「在邀請會川先生過來以前，我們早就知道一些有關他的傳聞了。但會川先生不僅是本間先生的得意門生，也對本間先生的作品頗有研究，是鑑定作品不可或缺的人才。」

「不過，他酗酒還是對工作造成妨礙了嗎？」三橋尖銳地問。

「沒有這回事，對於鑑定作品，會川先生是很專業的。」小波渡回答，「但他在這裡生活的兩個月，我發現他的身體狀況並不是很好，連帶精神狀況也受到一些影響，我便和樋口律師商量，希望能讓會川先生去就醫。」

「你們什麼時候跟他提這件事情？」市野問。

「大概兩週以前。」小波渡說：「會川先生說他會考慮，但一直都沒有給正面的回覆。」

「從他房間的啤酒罐數量看來，這兩週來他還是喝得很兇。」市野說，他以銳利的視線輪流看著樋口和小波渡。「你們對他下了最後通牒嗎？」

兩人同時搖頭。

樋口有些不悅地說：「沒有這回事。以基金會的立場，我們並不希望會川先生離開，純粹是擔心他的身體與精神狀況。對本間美術館來說，會川先生是必要的人才。還有，市野先生，請你不要用這種顯而易見的誘導方式問話，也不要把我們塑造成打算把酗酒的落魄藝術家踢出門，結果導致他自殺的壞人好不好？」

市野發出短促笑聲，一副計謀被發現的狡詐神情。「樋口律師，你想太多了。」

接著他開始詢問每個人的個人狀況。我這時才知道誠一郎和由樹子母子倆是在我抵達北海道的三天前來到本間宅邸，由於誠一郎在京都的商社工作，由樹子一直都待在三重縣熊野的娘家，母子倆是各自搭飛機到新千歲機場，再由誠一郎開著出租車，和母親一起來到本間宅邸。

小波渡八年前來到北海道擔任本間雄太郎的助理，在這之前是在東京的藝廊工作，但似乎更早之前還在美國、英國工作過。她這突如其來的菁英履歷真是把我嚇了一跳。而樋口律師二十年前起就在札幌執業，自從本間雄太郎移居北海道以後，就一直擔任他的律師。

市野也問了我來到北海道的時間，以及在東京的工作與生活。我一邊回答，一邊緊張地看著在一旁專心抄筆記的三橋。

接下來問話的重點，自然是集中在昨天晚上的座談會了。

「座談會是晚上九點開始？」三橋首先問：「在二樓的會客室？」

「是的，不過昨天晚上輪到會川先生時，他有點遲到。」小波渡說。

「會川先生昨天晚上看起來怎麼樣？」

「臉色不太好，我一度以為他不舒服，問他要不要暫停，或是換人，」小波渡說：「但是他拒絕了。其實昨天一整天，會川先生看起來狀況不是很好，餐點也吃得很少。」

「我以為他是不是酒癮發作，可是當他開始說自己的體驗時，看起來又很正常。」誠一郎補充。

「穗坂小姐，妳認為呢？」三橋突然將話題丟給我。

我有些驚慌地開口：「昨天會川先生幾乎都待在房間裡……其實蠻少見的，之前他至少都會到庭園畫點素描，所以我那時也覺得他是不是不太舒服……」

「雖然他看起來好像身體狀況不好，但晚上還是出席了座談會，而且一度看起來還蠻正常的？」市野再確認，我們三人都點頭。

「座談會幾點結束？」三橋再度問話。

「大概接近十點半吧，」小波渡說：「會川先生說完他的體驗後，我們稍微討論了一會兒，但本來還蠻侃侃而談的會川先生，這時候臉色又開始變得不太好，所以我們都勸他先回房休息。」

「十點半之後，會川離開二樓的會客室，回到三樓的房間。」市野說：「有人看到他進房間嗎？」

每個人都搖頭，誠一郎又開口補充：「我看到他走上樓梯，但我也沒跟上去看他有沒有馬上進房間。」

「其他人後來幾點解散？」

「我們又稍微聊了一下，但沒有多久，應該不到十一點就解散了。」回答的是小波渡。

「我剛才確認了一下這宅邸的構造，三樓是居住空間，分成中央棟和左右棟，左右棟各有四個房間，其中會川先生和穗坂小姐住在左棟，本間誠一郎先生和母親由樹子女士住在右棟。小波渡小姐，你是住在中央棟的房間吧？」三橋仔細地問。

「是的。」小波渡點頭。

「穗坂小姐，要到妳的房間，會先經過會川先生的房間。昨晚妳回去時有感覺到什麼動靜嗎？」三橋那張長臉轉向我。

我搖頭：「沒有，我沒聽到聲音，也沒看到燈光，所以我想會川先生應該真的很不舒服，馬上就休息了吧。」

「半夜時呢？」

我再度搖頭。但想起那個夢，水聲，浴缸，在水波中漂蕩的手臂，氣味……我低下頭，咬住唇，不敢開口。

「其他人也是嗎？其餘幾位的房間離會川先生的房間有點距離……」

「我們的房間各自有衛浴設備，就算半夜起來上廁所也不需要離開自己的房間。我記得昨晚我有起床上廁所，時間不記得了，我沒注意，但也是沒聽到什麼動靜。至於我媽，她有吃安眠藥的習慣，我想她半夜可能沒有醒來吧。」誠一郎說。

小波渡也說出差不多的答覆，昨晚半夜沒有人承認自己曾離開房間。

「所以他昨晚十點半後回到房間，一直到今天早上九點半你們打開門……」市野又問：「會川房間的門是鎖起來的，鑰匙在他房間內的桌上，另一把你們用來開門的是備份鑰匙？」

小波渡點頭：「目前每個房間有兩把鑰匙，一把給房間使用者，另一把是備份，由我保管。」

「備份鑰匙放在哪裡？妳的房間？」

「不是，放在廚房的櫃子裡。」

「櫃子有上鎖嗎？」

「沒有。」

市野與三橋對看一眼，三橋又說：「小波渡小姐，請妳等一下帶我去看看收鑰匙的櫃子。」

「好的。」

我不知道市野和三橋對這些訊息有什麼想法，畢竟這樣聽起來，任何人都可以到廚房打開櫃子拿出鑰匙。樋口又發難：「市野先生，你可別想太多喔。」

市野舉起雙手：「我可什麼都沒說，想太多的是樋口律師吧？」

三橋接著又問了一些昨天一整天會川與其他人的作息，又與小波渡一起離開，去廚房確認放鑰匙的櫃子。兩位刑警離開以前，交代會川的房間先保持原狀，等法醫相驗與現場鑑定結果出來以後，會再通知。

之後，小波渡與樋口神情嚴肅地一直在討論什麼，樋口也打了好幾通電話，可能是在向基金會的其他成員說明狀況吧。我和誠一郎神色尷尬地坐在客廳，既不想單獨回房間，但在現在這個氣氛下也不知道該聊些什麼。

「……真是想不到，會川先生竟然會這樣……看來他比我們想像中還要嚴重。」誠一郎喃喃地說。

「嚴重？」

「應該除了酗酒以外，他也有很嚴重的憂鬱症吧。難怪我媽會覺得他可能出事了，這兩個人有一樣的氣息嘛。」誠一郎嘆一口氣：「所以說藝術這一行真是可怕，創意這個東西，就像是要人掏空靈魂一樣，空了以後就變成行屍走肉了。」

會川大概從十年前開始就不再創作讓他成名的裝置藝術，他說那是譁眾取寵的東西，沒有內涵的垃圾。我可以明白，他往裝置藝術發展或許是為了成名，所以才專挑敏感議題，但他大概也發覺了，做這種會引起話題的東西只是一時的，如果沒有內涵，沒有方向，就只是做出一堆垃圾，只是人們茶餘飯後的話題而已。不是所有人都可以跟本間雄太郎一樣。

「我媽跟會川先生應該都是沒辦法接受自己沒有才能，或是自己的能力沒有被認同吧。我懂，其實誰不想被愛，被認同？可是把自己搞成這樣，也未免太悲傷了吧。」誠一郎感嘆地說：「看來只有我爸跟遙香小姐才能在這個業界生存下去，我就是因為這樣才不想走這條路。太難了。」

不是的，我想說，不是的，這個世界上只有一個本間雄太郎，穗坂遙香也只是企圖追尋本間雄太郎的腳步而已。如果像誠一郎所說，創意是一種靈魂的掏空，那麼現在的我也是沒有靈魂的行屍走肉，或者，我從一開始就沒有靈魂吧。

以為自己那半點大的靈魂可以擠出點什麼來，以為自己可以功成名就，以為有才能就可以受到矚目。但這個世界是很殘酷的，能做的都做了，但還是無法成功，努力不見得會有回報，我們就是在這不斷受挫的現實中長大。夢想破碎就如同撕裂般的痛苦，以為傷口終究會癒合，會忘懷，但夢想的殘片就像進入傷口的碎石子，隨著傷口癒合被包覆起來，石子也成了內在的一部分，但尖銳的石子卻總時不時地戳刺一下，提醒那曾經破碎的夢想，那無法治癒的痛楚。

會川已經忍受不了這種痛苦，才會……

小波渡走進客廳，「很抱歉拖到這麼晚，我準備了一點食物……雖然只是一些微波現成食品而已，兩位如果餓的話，要不要來吃一點？」

「有總比沒有好。」誠一郎站起來說：「謝謝妳了，燈里小姐。」

在看過那樣的場面之後，誠一郎還吃得下嗎？但他或許是能快速轉換情緒的類型。我其實沒什麼食慾，但一來不想被一個人丟下，另外也覺得或許稍微吃點東西，對身體比較好，所以我還是跟著小波渡與誠一郎一起去了餐廳。

雖說是微波食品，但其實小波渡還是準備得挺豐富的，拿坡里義大利麵、馬鈴薯泥、簡單的水果沙拉、蔬菜湯。聞到香料的味道，我覺得似乎湧上了一點食慾，所以也吃了一些。

「燈里小姐，接下來該怎麼辦？」一邊大口咬著義大利麵，誠一郎有些口齒不清地問。

「只能先等法醫相驗與警察調查了。警察好像也已經跟會川先生在東京的家人聯絡，他們或許會過來北海道。」小波渡輕描淡寫地回應。

「會川先生的事情大概就只能這樣吧。」誠一郎喝了口水後說：「但我想問的不是這個，怪奇體驗座談會，發生這樣的事情，還要繼續嗎？雖然只剩遙香小姐一個人還沒講她的體驗。」

說得也是。因為過度驚慌，我都忘了這回事。座談會還要繼續嗎？或還能繼續嗎？

「這件事情我方才跟樋口律師討論過了，」小波渡說：「本間老師的遺囑寫得很清楚，舉辦與〈黑夜〉和〈白晝〉有關的怪奇體驗座談會，所有參與者都要分享自己的體驗。座談會的參與者有四個人，所以要四人都說完體驗，條件才算成立。因此如果要完成遺囑的要求，我跟樋口律師都認為，最好是繼續舉辦比較好。也幸好只剩穗坂小姐一人了。」

「意思是，不讓遙香小姐講完的話，我們就拿不到錢了？」誠一郎咕噥一句。

對於這句抱怨，小波渡沒有說什麼，只是曖昧地牽起嘴角。

結果還是要舉辦嗎？如果真的沒有完成遺囑要求的條件，誠一郎與由樹子就拿不到遺產，那麼這兩人應該拚死也想要讓我同意繼續舉辦。

「遙香小姐，妳覺得呢？要舉辦嗎？」誠一郎以窺探的眼神看著我。

「我……」

「原本是預定明天九月四日的晚上舉辦最後一次座談會，但我想這兩天有些忙亂，大家的心情也都需要整理一下。要不要明天就休息一天，改成九月五日晚上舉辦，兩位覺得如何？」小波渡間不容緩地說。

「我沒問題。」誠一郎隨即贊成：「遙香小姐，妳可以嗎？」

我望著他們兩人，誠一郎熱切的眼神，與小波渡淡漠的眼睛。結果我還是無法逃離嗎？

「我知道了……」

誠一郎明顯地有些愉快，而小波渡的情緒還是讓人捉摸不著。我真討厭自己為什麼這麼容易被別人牽著鼻子走。

「對了，穗坂小姐，」小波渡那雙淡色眼睛轉向我：「妳要繼續住在原來的房間嗎？如果妳覺得住在那裡不舒服的話，可以換個房間。右棟還有兩個房間可以用。」

接下來只有我住在左棟，離其他人都有些距離，當然最主要還是因為隔壁的房間發生了那樣的事情。我覺得害怕，但也有點猶豫。

「還是妳不想一個人住一間房？如果是這樣的話，也可以到我房間……」

「不，不用了，」我趕緊慌張地說：「我一個人沒問題，只是住原來的房間確實有點怕怕的，我搬去右棟的房間好了。」

「好。那麼等等我來幫妳搬東西過去吧。」

對於我急促的拒絕，小波渡似乎並沒有覺得受到冒犯，我不禁鬆了一口氣。

那一天接下來都過得很慌亂。用完午餐後，我在小波渡的陪同下回去房間收拾物品，再將行李搬移到右棟的房間，就位在由樹子房間的隔壁。我們在收拾行李時，由樹子終於醒了過來，但根據誠一郎所說，她的情緒很低落，只吃了一點兒子替她拿來的食物，當天晚上也沒有出現在餐廳。

我帶著惶惶不安的心情關燈上床。但我忘不了會川所說的體驗，也忘不了他躺在浴缸中的模樣。

躺在浴缸裡的人……

在〈白晝〉帶來的體驗中，會川不斷重複同樣的夢境，且一個夢境比另一個夢境更進一步。剛開始時，他只是走上樓，打開房門，第二個夢境中，他打開門後，發現聲音是來自浴室，到了第三個夢境，他才真的走入浴室，看見那個躺在浴缸裡的人……那個人是誰？難道那不是他自殺的學生，而是會川自己？

想到這裡，我不禁全身顫抖。這豈不就像是在說〈黑夜〉與〈白晝〉有預知能力？那麼我所看到的幻境……

我抱住頭，全身蜷曲，縮在被子裡。即使天氣不冷，我還是抖個不停。快點，快點結束，讓我解脫吧。

睡夢中，我又聽到水聲纏繞在耳邊，還有那永遠不會消散的氣味。要到什麼時候才會結束？

九月四日早上，由樹子終於出現在餐廳。她雖然打扮得整齊，但面容憔悴，神情呆滯。大概是因為服用了一些抗憂鬱劑的影響吧，她也難得地沒有化妝，坐在餐桌前小口小口啃咬著小波渡準備的烤土司。誠一郎似乎跟由樹子說過會繼續進行座談會的事情，她也同意出席。

還要等到明天晚上，座談會才能結束。我感到有些不耐煩，便在吃完早餐後離開宅邸，在庭園中漫步。我不知不覺走到本間雄太郎工作室的附近，陳舊的木造獨棟住宅散發出古老沉穩的氣息，門是開著的，我聽到裡頭傳來說話聲，探頭一看，原來是小波渡和樋口在裡面。

兩人站在排滿顏料的架子前，面容嚴肅地討論著什麼。過了一會兒，樋口的手機響了，他走出房子說電話，與我擦身而過時對我點個頭，小波渡則招呼我進去。

工作室還是維持著堆滿雜亂作畫工具的狀態，不過之前我看到幾幅擺在畫架上的作品都不見了，當然也沒有〈黑夜〉與〈白晝〉的蹤影。

「〈黑夜〉與〈白晝〉不在這裡嗎？」我問。

「已經收起來了，放在宅邸地下室的倉庫內。」小波渡說。

我現在才知道，原來收藏作品的地方是宅邸的地下室。我看了看四周，看來除了以前本間雄太郎使用過的作畫工具，顏料等之外的東西，幾乎都移走了。〈黑夜〉不在這裡。

「穗坂小姐，妳還好嗎？」

我轉頭，發現小波渡面對著我，淡色瞳孔的眼睛似乎是專注在我的臉上，我看到她白皙臉頰上微微浮現青藍色的血管。我受不了這不帶情感的凝視，微微別過臉。

「我沒事。」

「昨晚換了房間，睡得好嗎？」

「還可以。」一直都睡不好，不管換到哪裡都睡不好。

「穗坂小姐，如果妳狀況不好，其實座談會也是可以延期……」

「不用，既然大家都決定要明天晚上了，那就這樣吧……」我一時有些激動，邊說邊揮舞右手，但卻不小心打到我右手邊桌面上的某樣東西，那東西「碰」地一聲掉落在木頭地板上。那似乎是個深色的玻璃瓶子，瓶子沒有破，可是蓋子鬆開，裡面的東西流洩出來。

我隨即聞到一股刺激的臭味……是松節油。

「對……對不起。」我趕緊說，一手遮住鼻子，往後退。

「沒關係，只是松節油而已，穗坂小姐妳……」

我沒聽她說什麼，只是摀著鼻子跑出去。我覺得噁心想吐，頭昏眼花。糟了，小波渡會不會覺得我很奇怪？但我已經顧不得這些事情，只是不想待在那裡。

我匆忙走出工作室時，正與講完電話的樋口擦身而過，他奇怪地看了我一眼，但沒說什麼。我只聽到他似乎對小波渡說：「燈里小姐，我剛剛收到濱田教授的聯絡，確定了……」

我不顧一切地加快腳步，衝過樹林間的小徑與庭園的草坪和花壇，一路不停地跑到宅邸的後門才停下來喘氣。到這裡應該就沒有氣味了吧？但那股刺激的味道還是繚繞在鼻腔。我忍住想要嘔吐的衝動，拚命深呼吸，一直到我終於冷靜下來，也感受不到那股氣味。

小波渡會起疑嗎？我自己也覺得我的行為很沒道理。之後我回到房間，一邊看手機搜尋新聞。考慮了許久，還是決定在中餐時間向小波渡道歉。我到餐廳時，看見小波渡在準備餐點，而樋口也坐在大餐桌前。

「穗坂小姐，妳沒事吧？」一看到我，小波渡隨即放下手中的盤子走過來。

我朝她做了個九十度的鞠躬：「對不起，我太慌亂了，竟然破壞了本間老師的工作室，還都丟給妳收拾……」

「沒關係的，不過是瓶松節油，工作室裡還有很多。」小波渡說著露出窺探的表情：「倒是穗坂小姐，妳身體狀況沒問題嗎？」

「我沒事，只是……只是這幾天有點被嚇到了。」我硬是擠出笑容說。

「確實如此，沒想到會川先生會發生那樣的事情，大家都很驚訝吧。」小波渡的語氣雖然充滿同情，但她的表情還是波瀾不興。

「以後……這間美術館該怎麼辦？」

「美術館的準備還是會繼續進行，至於三樓房間以後要不要開放為民宿，基金會的成員們還在討論。會川先生的事情當然會引起一些不好的觀感，但另一方面，對奇怪傳聞有興趣的人也不少，也不排除在不損及本間老師與美術館的名譽的狀況下經營民宿……」

不知何時也來到餐廳的誠一郎在一旁插嘴說：「我知道很多人都對都市傳說很感興趣，想要來一探究竟，但是想到我爸的美術館變成好像靈異探險地點，還是覺得有點怪怪的。」

「也是，」小波渡點頭：「還是得要慎重討論。不過，美術館的開放是勢在必行，畢竟這也是本間老師的遺願。」

「會川先生真是可惜，」樋口則在一旁說：「他是個很好的人才，明明對本間先生作品的鑑賞力這麼優秀。」

「本間美術館很需要他的。」小波渡也認同。

我與會川僅認識一週的時間，他雖然是個老愛講自虐梗的酒鬼，但從他對本間雄太郎作品的鑑賞與鑑定能力，以及雖然已經多年沒有創作，仍堅持每天畫素描的習慣，可以知道他對藝術是真心熱愛的。這個熱愛藝術的人，卻沒有被藝術之神眷顧。

「讓座談會順利結束吧，」樋口說：「就當作對會川先生的憑弔。」

我們也都是同樣的心情，直到那天下午，市野和三橋再度來訪為止。

兩人在下午的兩點過後來到宅邸，表示希望可以跟全員談話，當時樋口也還在宅邸內與小波渡討論一些事務，所以也一起參加了。跟昨天一樣在三樓的起居室，不過多了由樹子。由樹子用完午餐後也一直在房間內休息，或許是藥效未退，她的神情看起來還是有點呆滯，不過倒是還能回答三橋的一些提問。

三橋向由樹子確認了前一天晚上座談會的狀況後，市野才開口：「今天早上法醫相驗的結果出來了，確認會川先生應該是自殺。他以剃刀割開左手腕的動脈，死因是失血過多。剃刀上只有他的指紋，浴室內也幾乎都是他的指紋。」

可以明顯感覺到樋口鬆了一口氣，誠一郎則露出理所當然的表情，我依然捉摸不清小波渡的情緒變化，而由樹子還在抗憂鬱劑的藥效中悠遊。

「既然這樣……」

但市野打斷了樋口的話：「只是有一點很奇妙，就是有關死亡時間的判定。」

他以神妙的眼神環視眾人：「法醫檢視了胃的內容物跟消化狀態，認為會川的死亡時間應該是在九月二日的晚上七到九點之間。但奇怪的是，參加座談會的四個人都作證，會川也出席了在晚上九點舉辦的座談會，而且他是直到說完了自己的體驗的十點半才離開。這是怎麼一回事？」

什麼？這個人是在說什麼？我一時之間無法理解這些時間順序的意義，但瞥見樋口瞪大眼睛，誠一郎刷白了臉的模樣，過了一段時間，我才漸漸明白他們為什麼會有這種表情。

「這怎麼可能？」樋口首先反應過來：「你的意思是說，會川先生在那天晚上的座談會開始前就過世了？法醫的鑑定有沒有問題呀？」

「我們的法醫是很專業的，我相信這個時間的差距不會太大……」

「可是我們都看到了呀，」誠一郎臉色蒼白地說：「那天晚上會川先生真的出席了，還說完了他的體驗，我看著他離開會客室上樓呀。難道我們都搞錯時間了嗎？這怎麼可能？」

「我也不覺得時間有錯……為什麼會有這種差距呢？」小波渡露出沉思的表情。

不會吧？當我漸漸理解到大家在說什麼時，腦中只充滿了問號。不會吧？法醫認為會川在座談會開始之前就已經死亡，若這是真的，那麼後來出席座談會的人是誰？那個看起來像會川的人是誰？我們到底聽誰說了故事，又跟誰說了話？

「我比較好奇的是，為什麼你們四個人都說出同樣的證言呢？」市野犀利的眼神輪流望著我們。

「因為那是事實呀，我們都看到了。」誠一郎說。

「市野先生，難道你是想說他們在說謊嗎？」樋口嚴厲地說：「他們說謊有什麼好處？既然都已經證實是自殺了，他們何必要隱瞞死亡時間呢？」

「確實看起來好像沒有什麼好處，在場的人跟會川似乎沒有什麼直接的利害關係。」市野說：「不過，你們之前說，舉辦這個座談會是出於本間雄太郎先生遺囑的要求吧？而且所有出席者都要說出自己的體驗，才算是完成條件，本間誠一郎先生，由樹子女士，和會川才能拿到遺產……那如果會川在講述自己的體驗之前就已經死亡的話，是不是表示條件不成立，其他人就拿不到遺產了？」

這一次我很快就明白市野想說什麼。他認為參加座談會的人為了讓遺囑的條件成立，謊稱會川九月二日晚上出席座談會。這樣豈不是在暗示，大家都早就知道會川已自殺身亡，但刻意隱瞞這件事情，直到第二天早上才報警？

「我沒有說謊，」誠一郎低吼：「若是早知道會川先生已經自殺，我們怎麼可能還拖過一個晚上才處理？」

由樹子似乎也理解了狀況，慌張地點頭。

樋口憤怒地漲紅了臉：「這你可錯了，市野先生，遺囑中雖說所有出席者都分享完自己的體驗後，條件才算成立，卻也有一個但書，那就是若有出席者因不可抗力因素無法分享體驗，就不算在此條件內。所以就算那天晚上的出席者都知道會川先生在分享前就已經自殺身亡，他們也沒必要為了讓條件成立而說謊，因為會川先生無法出席的原因就是那個不可抗力因素。」

「是這樣嗎？」市野撫著下巴說。那張方臉沒有表情，但那眼神擺明了就是還是對樋口的說法存疑。「這個但書，其他人也都知道？」

「我知道，」小波渡說：「我跟樋口律師確認了好幾次遺囑內容，所以我知道這條但書。」

「也就是說各位，本間誠一郎先生、由樹子女士、小波渡小姐、穗坂小姐，你們都認為自己在九月二日晚上九點，看到會川真人出席了座談會？」市野再問一次。

「說什麼認為……我是確信我真的看到了，而且我的記憶跟其他人的記憶也沒有差距。」誠一郎不悅地說：「除非這是集體幻覺……但有細節這麼一致的集體幻覺嗎？」

「誰知道呢？」市野攤開雙手說。

市野不信任的態度固然令人生氣，但法醫相驗結果與我們證言的差距，也令我感到心驚膽顫。如果法醫的專業可以信賴，但我們的記憶也是正確的話，那麼我們看到的是……

「市野先生，請你不要再做沒有根據的臆測。」樋口氣憤地說：「你再說下去，我不排除採取法律行動……」

「好，好，我知道了。」市野臉上笑著，雙手舉高，「我只是來告知你們這件事情而已。法醫相驗與現場檢證的判斷是自殺，放在房間內桌上那疑似遺書的紙條也證實是會川真人的筆跡，所以在場的各位沒有嫌疑，請大家不要緊張。只是可能每個人身體狀況不同，有些人消化比較快，有些人卻比較慢，或許會川因為長期酗酒導致胃潰瘍的關係，消化系統出了些毛病，所以晚餐食物的消化才會慢了一點……也是可以這麼解釋啦。」

「既然這樣你幹嘛……」

但樋口的抗議還沒說完，走廊外就響起腳步聲，一個制服警察走進起居室，說了聲：

「市野先生……」

市野回頭看向制服警察。我不自覺地做出反應，肩膀抖了一下，臉轉向那個制服警察。制服警察彎下身，小聲在市野耳邊說了些什麼，三橋也湊過去聽。但或許不是什麼重要的事，兩人聽了制服警察的報告也是臉色如常。

制服警察離開後，市野和三橋起身，市野開口：「各位，真是不好意思，我們得要離開了。總之有關會川自殺的案件，就報告到這裡了。我們已經跟會川的家人聯繫上，他們明天會過來北海道領走遺體。對了，小波渡小姐，因為沒有什麼疑點，所以會川的房間妳可以去清掃了。」

總算是將兩位刑警送走。看著他們的警車駛離宅邸前方的停車場，往外頭公路駛去之後，樋口忿忿不平地說：「那個老狐狸，明明就有醫學上的理由可以解釋，還故意這麼說，一定是想要測試大家的反應。」

「他認為我們在說謊，」誠一郎也附和：「我可沒有說謊。這些刑警真是要不得，做這種老是懷疑別人的工作，難怪這麼討人厭。」

「由樹子女士，妳沒事吧？」小波渡去關心癱坐在沙發上，兩眼發直，一副快要昏倒模樣的由樹子。

「……沒……沒事。」由樹子吞吞吐吐地說。

「燈里小姐，這到底是怎麼一回事？」樋口狐疑地說：「我不是懷疑各位說謊，只是法醫鑑定的結果，跟各位的證言時間實在是相差不少……」

小波渡只是搖頭：「我也不知道。」

「大概就跟法醫說的一樣吧，會川先生因為胃潰瘍加上身體不適，導致消化系統出問題。」誠一郎說，又沉吟了一會兒：「如果不是這樣的話，那前天晚上出席座談會的是誰？難道是……」

〈黑夜〉與〈白晝〉，或許可以化身為熟識的人。

我想，我們四個人應該都同時想到這件事情，但沒有一個人敢說出口。但這想法卻奇妙地讓我們有了一種團結感，因為我們不僅有各自的怪奇體驗，還有共同的怪奇體驗。如果不緊緊抓著對方，確認對方也有同樣的體驗的話，我們可能會因為懷疑自己的神智而崩潰吧。

樋口律師並非共同體驗者，但他大概已經從小波渡那裡得知了其他人的體驗故事。我不清楚他相信幾分，但樋口可能也察覺了我們說不出口的那句話是什麼。

「總之，我先跟基金會成員報告一下，我拜託各位，先不要將這件事情說出去，好不好？」樋口懇切地說。

在看到我們每個人都點頭之後，樋口便一邊掏出口袋內的手機，走出起居室。

誠一郎在母親身邊坐下，「要是說出去的話，這裡就真的變成靈異探險地點了。」

我也不希望收藏我最喜愛的本間雄太郎作品的美術館失去了焦點，但想到那天晚上和我們談話的人可能不是真正的會川，我還是害怕得想要逃離。頭開始痛起來了。

「燈里小姐，明天的座談會……」誠一郎有些遲疑地問。

「各位覺得呢？要如期舉辦嗎？還是要再延期？」小波渡只是拋出問題。

「被那個刑警懷疑，實在是讓我很不爽，我不想因為他故意嚇我們而取消座談會。而且我請的假也沒剩幾天了，我可沒時間再繼續拖延下去，只是……」他猶豫地看著身邊低垂著頭的由樹子，眼神也迅速掃過我。

由樹子緩緩抬頭。她雖然一臉驚恐，但眼神卻透著一股堅毅。「我沒問題的。只是出席而已，我會到場的。」她一邊說，擺在腿上的雙手交互握緊。

「穗坂小姐……」

「我知道了。」我抬起右手按著右側太陽穴，「我也會出席的。把我的體驗說出來，就可以結束了吧。我也想要快點結束這件事情。」

「謝謝妳，遙香小姐。」誠一郎說。

他的表情充滿感激，但我不是為了讓你們母子可以快點拿到遺產而這麼做的，得要結束這件事，我才能離開這裡。讓它結束。讓一切結束。

我感覺頭痛不已，就算吃了小波渡給我的止痛藥還是覺得不太舒適。第二天，我一整天都關在房間內，一方面是因為身體還是不舒服，另一方面是我不敢離開房間在這宅邸內隨意走動。〈黑夜〉與〈白晝〉的傳聞是真的，我們各自的體驗是真的，所以九月二日晚上，已經死去的人在我們面前現身說故事的事情也是真的。

在得知〈黑夜〉與〈白晝〉就收藏在這宅邸的地下室倉庫內後，我怎麼樣都無法擺脫

〈黑夜〉與〈白晝〉會化身為死人在宅邸內遊走的想像。我不想再看見已死的會川了。但是那個人，那個人會出現在我面前嗎？我顫抖著，恐懼這想像，卻又是如此渴望。

九月五日晚上，時候到了。

我換上乾淨的襯衫與長裙，走進浴室面對鏡子。臉色糟透了，比我來這裡的第一天還要糟許多，乾燥的皮膚蠟黃，毫無血色的唇龜裂，眼皮浮腫，黑眼圈又深又黑，及肩的頭髮毛躁雜亂。至少得修飾一下，所以我拿出化妝品，以粉底稍微掩飾難看的膚色與黑眼圈，再拿出髮圈將頭髮綁起來。

雖然整理過後還是半斤八兩，但總比沒整理好多了。我忽然有點理解為什麼由樹子每次出門都還是將自己打扮得整整齊齊的，心情不好時，專注在改善外表上，可以轉移注意力，也能讓自己稍微開心一點吧。

但想到接下來的事情，我又不開心了。可我已經答應了，都已經上了這條船，不說完我的體驗是無法下船的。就讓這一切結束吧。

我走進二樓的會客室時，其餘三人都已經到了。小波渡點燃了壁爐。雖然還是九月初，但入夜後確實有些冷。火焰在壁爐內晃動著，纏繞著發紅的柴薪，那溫暖的顏色傳出陣陣的暖意。

我在靠近壁爐的單人沙發椅上坐下，小波渡遞給我一杯溫熱的紅茶。誠一郎、由樹子皆沉默不語。我發現他們也是在等待著，等待結束的開始。

「穗坂小姐，沒問題嗎？」小波渡問，淡漠的銀色眼睛望著我。

我點頭，深吸一口氣，開始述說我的體驗：「大家的體驗似乎都是至少十年前的事情了，但是我不一樣，我的體驗是最近發生的事情，就在我來北海道的兩天以前。不過這件事情可能要從三年前，我在某個藝術市集上看到〈黑夜〉的真跡開始說起……」

黑夜・再

我還記得，那是三年前的秋天。東京的上野公園舉辦了一個藝術市集，那並不是什麼高級的藝術品鑑賞拍賣會，只是一個讓沒什麼名氣的藝術家與業餘創作者可以發表並販售自己的作品的地方。

我在五年前得了一個插畫相關的獎之後，就開始漸漸有人知道我的名字，插畫工作的邀約也如雪片般飛來，讓我應接不暇。沒想到只是得了一個獎而已，狀況卻差這麼多。

藝術大學畢業以後，我一心想要成為專業的插畫家，到處向出版社和廠商提交我的履歷與作品集，也使用社群軟體開設帳號，每天勤奮上傳自己的作品，希望可以引起一些注意，當然，獎項也沒少參加過，可是一直都不是很順利。該做的事情都做了，我也不覺得自己的實力比別人差，但是為什麼我不能像某些人一樣成名呢？

默默耕耘了三年，只能接到一些零星的案子，還得靠打工才能支付自己的生活開銷，可是我還是沒有放棄，始終相信只要持續努力下去，總有一天會被人看見的，總有一天……抱歉，我好像離題了。

總之，得獎之後，我的生活為之一變。插畫案子的工作多到讓我忙得分身乏術，我可以說幾乎是沒日沒夜地在作畫，沒時間去思考或沉澱，只是持續地把我腦中浮現的畫面畫下來。幸運的是，我只要能完成並交出插畫作品，大家就很高興，業主們都很喜愛我的作品，在社群軟體上也獲得很高的人氣。可是我沒空去享受這些以往如何渴求都求不來的名聲，只是埋頭一直作畫。

我自己也不敢相信，我就這樣沒有休息地持續作畫了兩年，直到身心俱疲。三年前，二〇一五年的夏天，我病倒了。就是沒來由地發燒了好幾天，全身無力，動彈不得，整個人恍惚了三、四天。醫生說是因為過勞，我也到這時候才察覺，過去這兩年我真的是努力過頭了。大概是覺得好不容易得來這機會，怎麼可以輕易放棄？但我卻太看得起自己的體力，不斷勉強自己工作，才會有這種結果。

從那之後，在戀人的協助下，我重新安排工作行程。雖然插畫案子還是多到接不完，但也安插了適度的休息時間。那一年的秋天，休息了三個月後，我決定重新恢復工作，但為了讓自己散散心，順道尋找一些靈感，身體恢復健康的我和戀人一起去了那個在上野公園舉辦的藝術市集。

那一天天氣晴朗，陽光強烈，但吹過廣場的風很涼爽。自從生病以來，我已經很久沒有感受到這麼舒爽的氣氛了。很多人在廣場上擺攤，展示跟販售自己的作品，大家都很用力在推銷自己。想到我不過兩、三年前也做過同樣的事情，心裡不禁湧上一股懷念但又有些酸楚的感覺。

那幅畫就放在一個角落的攤位上。那攤位上擺的都不是攤位主人自己的作品，感覺比較像是他收集而來的東西，雖然確實都是些藝術品，但很多是顯而易見的二手舊貨。我記得有金色的雙馬雕像，大理石半身人像這種比較大型的作品，也有可以放在桌上當紙鎮的小型石頭動物雕塑，尺寸較小的各種油畫，畫作主題也是很分散，從風景到靜物到抽象都有。而其中有許多幅油畫都看起來蠻陳舊的，畫布上滿是灰塵，有的畫框雖然還蠻高級的，但卻沾滿汙跡。

或許是由於這個攤位盡是擺這些清理得不是很乾淨的舊貨，所以還蠻乏人問津的，那個大概是五十多歲年紀的攤位主人也無精打采地坐在一旁發呆，不太吆喝招呼客人。要不是因為我眼角瞥到被放在角落的那幅〈黑夜〉，我大概也是一眼都不看這個攤位就走過去了吧。

可是，那真是不得了的東西呀。現在想來我還是覺得很奇怪，為什麼在場都沒有人發現呢？或許因為本間雄太郎是名人，不少人看過他的作品集，也有一些人會繪製仿作，且大概是因為這是一個給非主流藝術家和創作者的小小市集，不會有人認為那張畫是真跡吧。

看到的第一眼，我馬上就認出來那是本間雄太郎的〈黑夜〉，我在畫冊中看過，構圖相同但色調不同的〈黑夜〉與〈白晝〉兩幅連畫令人印象深刻。老實說，我剛開始時也以為那是畫得相當精妙的仿作。

但是再看第二眼，我被畫中人物直視的眼神，背景那濃稠的黑暗給深深吸引住。〈黑夜〉在角落裡靜靜地發著光，就算描繪著如此深沉的夜色，也彷彿將夜空中的星光一起包納進去一般，可以感覺到那一片無垠的黑夜後仍透著星點微光。寫實而精準地描繪的人物五官與表情栩栩如生，那紅唇彷彿就要動起來，向觀者訴說什麼。

我不自覺地停住腳步，盯著那幅〈黑夜〉看。總覺得那畫裡似乎有什麼，那個仿作所沒有的什麼在呼喚著我。察覺到我停下腳步，身邊的戀人也停下來，看向那幅畫。我聽到戀人明顯地倒吸一口氣：「不會吧？那難道是……真跡？」

我驚訝地看著戀人。對了，原來如此，我所感受到的那個什麼，應該就是本間雄太郎所灌注的精神與魔力吧。而戀人比我更早一步察覺到這件事情，發現那埋沒在一堆陳舊，布滿灰塵的畫作中閃耀的真跡。

接著，我和戀人試探性地去向攤位主人詢問，旁敲側擊地知道這些美術作品全都是他從某些可疑的地方批發來的，他自己其實對藝術完全外行，只是想要賺點小錢。我們儘量不著痕跡地確認，但這個人似乎真的完全不知道那幅〈黑夜〉可能是真跡，他也以為是製作精妙的仿作而已。

我們以相對便宜的價格買下了〈黑夜〉。攤位主人一臉無所謂地將畫遞給我時，我的心臟卻是砰砰跳著。我沒想到我可以碰觸到本間雄太郎的真跡，甚至將它帶回家。

之後，我們兩人也顧不得繼續逛市集，帶著畫趕緊回去。我們輕輕擦拭畫布上的灰塵，小心翼翼地不想破壞那細膩的筆觸。清理乾淨之後，再次比對畫作與簽名，我和戀人都確認了，這應該是真跡。

當時我完全不知道〈黑夜〉的真跡為什麼會流落到那個龍蛇雜處的藝術市集上，之前聽燈里小姐說明，我才知道是購買〈黑夜〉的企業家破產後被清算掉的嗎？喔，因為有非法借貸，所以那個企業家的收藏品被不明人士拿走了？想必那些不明人士完全沒有發現這幅畫的重要性吧，否則怎麼會變成被不懂藝術的人批次購買的廉價品呢？

但那時候我覺得我好幸運，竟然可以遇到本間雄太郎的真跡。是呀，我本來就是粉絲，從學生時代開始，只要有個展，我能去就儘量去，也買了每一本畫冊。我一直都很著迷於本間老師所描繪的人物，精細寫實，但卻並不只是將眼中所看到的景象畫下來而已，而是將這個人物的一切都摸透了以後，剔除所有雜質，留下最純粹的形象。

有一段時間，我將〈黑夜〉掛在牆上，每天眺望著。我沒有告訴多少人我擁有這幅〈黑夜〉，我曾經對一位以前藝術大學的同學說過，但對方卻不是很相信，因為怎麼想都覺得本間雄太郎的作品怎麼可能流落到這種藝術市集，且廉價售出呢？同學勸我拿去做正式的鑑定，但那時候我和戀人都捨不得將這幅作品公諸於世，所以還是一直擺在家裡。

不知怎麼搞的，我們都有一種想要獨佔這幅畫，只有自己可以欣賞的感覺。

在入手〈黑夜〉之後，我正式回歸工作。起初的一年左右還算順利，我慢慢地消化先前累積的案子。由於大病初癒，雖然剛開始時手感有些不太順暢，但也逐漸找回感覺了。那時候我覺得多少是因為與〈黑夜〉相遇的關係吧。每天望著那幅畫，感受透過每一道筆觸所傳達出的情感，讓我想起了過去沉迷於本間雄太郎的作品，且一心一意地想要成為專業畫家的心願。

可是大約一年後，漸漸開始改變了。我的創作原本都很順利的，有時候即使不特地做什麼，也能自然地湧現靈感，有一種想要把浮現在我腦中的畫面畫出來的動力。開始接案以後，我在翻看業主提供的資料時，也能夠很快地從中找到靈感，畫出業主想要的東西。只是自從生病以後，尋找靈感就變得比較吃力一點。業主如果能提供多一點參考資料，狀況還好一點，但有些業主說希望我自由發揮，不管畫什麼他們都能接受時，我反倒開始困擾了起來。

如果是在以前，有這種案子我當然是求之不得，不需要顧慮業主的想法與商業考量，可以盡情創作，當然是每個藝術家的願望，可是自從生病以後，這件事對我來說變得越來越困難。於是我試著看各個不同藝術家的畫冊，看展覽、看書、旅遊等等，能試的我都試過了，卻不是很順利。

我的靈感就像風中殘燭一樣，只剩一點點的火光，藉由所剩不多的蠟燭維持著，只消稍微大一點的風吹過，隨時都可能熄滅。察覺到這一點，我幾乎恐懼到全身顫抖。我沒想過，真的完全沒想過，我作為職業插畫家的生涯竟然這麼短。我知道的，只要有參考資料讓我能理解業主的想法，我多少還是能畫得出來，我想很多插畫家也是這麼做的吧。但我無法忍受的是，我自己竟然沒有任何想要創作的慾望。

當沒有工作時，我的腦子一片空白。不像以前總是有畫面與色彩在我腦中流竄，我隨意伸手捕捉，就是一幅畫。但現在卻是什麼都沒有。我看著牆上的〈黑夜〉，如今那深沉的背景只有一片漆黑，星光太過遙遠，幾乎看不見了。突然間，從畫面流洩出的尖銳才氣讓我感到刺痛，我再也無法忍受，便把〈黑夜〉收起來。

戀人也發現我將〈黑夜〉撤下了，驚訝地問：「發生什麼事了？」

「沒什麼，只是覺得讓這麼好的畫一直掛在那兒也不太好。」我說。

但是這藉口真糟，所以我想戀人那個時候就已經發現了吧。戀人也跟我一樣是藝術大學出身，但卻早早就放棄當職業畫家，現在在一家商品設計公司工作。或許戀人當時也經歷了我現在所感受的狀況吧。戀人總是說會支持我當職業畫家的夢想，希望我能一直畫下去。所以我怎麼能說得出口呢？說我已經沒辦法再畫了？

然而，心裡越是焦急，就越是做不好。我的工作速度開始減慢，累積的案子越來越多，也有一些業主因為等不及而取消了。從我得到〈黑夜〉的兩年後，也就是大約一年多前，我幾乎沒有工作了。

我不知道其他業界的人是怎麼說的，大概都說我身體狀況不好，需要休息吧。聽說這個傳聞的業主也就自動迴避，不再來找我了。業界有這麼多優秀的插畫家，且新人輩出，又何必一定要找我畫呢？而確實，只要不曝光，不持續創作，很快就會被遺忘的。會川先生的經紀人說得一點都沒錯。

我沒有工作，但這一年來還算勉強能生活，因為過去工作有一些存款，再加上戀人有穩定的收入。我幾乎忘了被我收起來的〈黑夜〉的存在。為什麼會忘了呢？因為現在的我就在黑夜裡，在看不到盡頭的黑暗中。

一直到一個月前，我接到了燈里小姐的電話。

燈里小姐，我到現在還是不清楚，妳究竟是怎麼知道我手中有〈黑夜〉真跡的？打聽到的嗎？透過藝術大學……你們竟然可以找到我這邊來，真是太神奇了……或許是我那位同學透露出去的吧，只是我接到電話時真的很驚訝。

接到燈里小姐的電話，知道本間美術館有意收購〈黑夜〉，老實說我真的心動了。過去是那麼執著，不想放手，卻在這個時候想要賣掉〈黑夜〉。當然這跟我的狀況有關，我已經一年沒有工作，收入銳減，不能再這樣下去了。在我能恢復接案以前，我還是需要生活費。

我跟戀人商量賣掉〈黑夜〉的事情。畢竟這是我們共同的回憶，我還是想要問一下戀人的意見。戀人並不反對，畢竟也知道我最近的狀況和考量。

「雖然有點捨不得，但既然是妳決定的事情，我沒有意見。」戀人這麼說。

我很感激戀人的體諒。但戀人又說了：「反倒是妳，最近狀況還好嗎？我看妳這一陣子好像又開始在畫什麼了，是不是有比較好轉？可以開始復出接案了？」

「不……我沒有……只是隨便亂畫，想找些靈感而已。」我結結巴巴地說：「可並不是很順利，幾乎都沒有完成……」

「是這樣嗎？沒關係，慢慢來吧。」戀人溫和地說：「遙香如果想要繼續創作，我當然會支持妳，可是如果妳考慮過後，不打算繼續的話，也沒關係，我可以幫妳想辦法找其他工作……」

聽到這些話，我的腦中像是爆炸一樣轟然作響。戀人一直以來都說會支持我的繪畫事業，我相信妳的才能，戀人曾經這麼說過。但是現在卻說，如果我不繼續創作，就要幫我找其他出入……戀人已經不再支持我，相信我了嗎？不覺得我可以挺過這一次的低谷嗎？難道在其他人眼中，我真的已經江郎才盡了嗎？

我不禁感到一陣怒氣湧上來，忍不住開口說：「你這是什麼意思？你覺得我已經沒辦法再畫了嗎？」

戀人愣了一會兒，又急忙開口：「沒有這回事，我只是說如果妳這麼決定的話……」

「難道你要我跟你一樣嗎？不再畫畫，去做那些商品設計？做那種工作有什麼意思？不都是客戶要什麼就做什麼，要改什麼就改什麼，比繪圖軟體還要不如……」

我看到戀人逐漸變得蒼白的臉色就後悔了。我再怎麼生氣也不該說出這種話。戀人當初為什麼放棄成為職業畫家，不就是因為跟我一樣走不出低谷嗎？我以為經過這幾年，戀人已經釋懷了，但是怎麼可能？我也是一樣，怎麼可能習慣得了那種夢想破碎所留下的傷痛呢？

「原來妳一直都是這麼想的嗎？」戀人顫抖著唇說：「放棄夢想，不再畫畫的我就這麼不堪嗎？妳堅持下去了，就比我還要高級嗎？妳一直都是用這種眼光看我嗎？」

「對不起，你聽我說……」

但是戀人隨即轉身離開，大跨步走向門口，出去以後用力地關上門。我眼睜睜地看著那扇門關上，聽著戀人離去的腳步聲。

我怎麼會做出這種事呢？我後悔地哭了起來，說什麼只是一個依照客戶要求去繪圖和修改的工具……這說的不正是我自己嗎？是我對自己現在的處境感到憤怒與可憐，才像這樣將氣出在戀人身上。這都是我的錯，我必須要向戀人道歉。

這麼一想，我重新振作精神，想要追上戀人，便開了門走出去……

可是門後並不是我所居住的公寓的走廊，竟然是一個花園。

我愣住了，站在原地不知所措。我是在做夢嗎？我方才還在家裡，和戀人吵了一架，現在竟然一開門卻是看到一個花園。而且這花園好奇怪呀，到處都是植物雜亂生長，幾乎沒有留下可以讓人行走的路徑。仔細一看，這些植物幾乎是不分生長地帶，全部混雜在一起，也有各式各樣的花朵。我能認得出來的就有椰子樹、鐵線蕨、香蕉樹、仙人掌、蘭花、芙蓉花、扶桑花，這些據我所知是屬於熱帶的植物花卉，但我也看到常見的桂樹、櫻樹、梅樹，還有玫瑰花、向日葵、矢車菊、波斯菊、鬱金香、百合、杜鵑、薰衣草、繡球花、洛神花、康乃馨、紫羅蘭、梔子花等。更奇妙的是，這些花朵都是不分時節一齊綻放。

眼前是一片茂盛的風景，除了高矮不齊的綠色植物以外，間或點綴著各色花朵，形成一片紊亂但斑斕絢麗的色彩。我不禁著迷於眼前的景色，鼻尖聞到微微的泥土和青草氣息，混雜著各式花香，不覺得嗆鼻，反倒感覺很清新。

等我回過神來，再回頭一看，發現原本應該在我身後的公寓門也不見了，而是一片完全被植物與花朵覆蓋的土地。我置身在一片茂密的樹林中，前後左右分不清，也不知道這是哪裡，甚至看不到任何路徑。

方才是震驚，現在察覺到這個事實之後，我開始慌了起來。我喊著戀人的名字，但當然沒有回應，就連我的聲音都像是被這片茂密的樹林給吸收進去了一般，連回聲都沒有就消逝了。

現在該怎麼辦呢？樹林內有一些植物相當高大，也有枝葉茂盛，幾乎半遮天際的大樹，遮擋住視線，所以我也不清楚這片樹林究竟延續到什麼地方。我低頭一看，注意到在樹叢與樹叢之間，保留著一條小徑，勉強可讓一個人通過，但這小徑非常錯綜複雜，就像是迷宮一樣，有時有數條分岔，有時候又歸聚成一條路，真是讓人不知道該如何走。

但是我總不能就這樣站在原地，什麼也不做，於是我小心翼翼地挑了一條小徑，沿著這條路慢慢走。感覺像在繞圈圈一樣，一下往右，一下往左，我原本試圖想要記住走過哪些路徑，但沒過多久就決定放棄了。因為這些路一下左轉右拐，有時候又會遇到分岔，而周圍的景色幾乎都是一逕的植物與花叢，令人難以分辨。不消多久，我就發現我迷路了。

這下進也不是，退也不是，我只得把心一橫，完全不思考，沿著小徑隨意亂走，但不久就意識到自己似乎是在原地繞路，不管怎麼轉，就是無法脫離這叢茂密的樹林。

在不停地繞路的同時，我也注意到這樹林的怪異之處。

除了種滿了來自各種不同區域與氣候帶的樹木和植物，以及原本應該是不同時節開花的花朵竟在同一時間百花齊放之外，我發現這裡的天空，一直都是黑藍色，就像是午夜一樣的顏色。那是深沉的黑中透著一點藍光，卻猶如厚重的油彩般遮蔽了一切，雖然是天空，但沒有星光。不過奇怪的是，即使是一片漆黑的天色，我依然可以看清楚眼前的景象，植物與花朵的顏色依然鮮明。這種畫面有點熟悉……

對了，我想起來了，這簡直就像是法國畫家盧梭的畫作。這不就是盧梭筆下的熱帶叢林之夜嗎？一片漆黑，無光無影的背景下，是色彩鮮豔的熱帶植物與花朵，有一身亮麗毛皮的動物，膚色白皙的裸女。

另一個奇怪的地方是，我雖然聞得到泥土，草葉，花朵的氣味，但卻沒有聽到任何聲音，沒有樹林內常有的蟲鳴鳥叫，沒有生物的氣息。彷彿這些植物與花朵是假的，樹林是假的。

我感到一陣顫慄，但是不敢停下腳步，只是不斷地沿著小徑一直走，一直走，不知道走過了多少難以辨識的樹叢與花叢，但眼前的景色依然沒有改變。當我開始覺得自己是不是永遠也走不出去時，忽然感覺到眼前的景象有一些變化。

那是什麼呢？我忽然發現右側的天空似乎微微亮起，好像有什麼東西從地面上發光，稍微照亮了那片厚重的天際。察覺到這一點，我開始挑選向右前進的路徑，但還是繞了一段路，有時候覺得那發光處好像在偏右邊，有時候又覺得好像偏中間，也不知道走了多久，我終於看到了，前方樹林的縫隙間，有一個發亮的東西，隱約覺得是棟建築物。

不，跟由樹子女士看到的不一樣，那是一座玻璃溫室。溫室應該有兩層樓高，整體是圓形的，中央突起如尖錐形的塔。溫室內也一樣種滿了植物。

我走進溫室，傳來一股悶熱的氣息，和濃烈的花草氣味。這溫室是圓形的，所以周圍延著玻璃牆壁是一圈樹叢與花叢，而這些植物就跟外面的一樣，是來自各地區，各氣候帶，且不分時節一起綻放花朵，再加上這溫室內氣溫較高，給人一種錯亂的感覺。

而溫室的中央則隆起一叢土地，同樣種滿了植物，不斷往上生長，我微微抬頭看，看見在那一圈植物的中間，似乎有什麼異樣的東西。

我凝目細看了一會兒，才發現那似乎是個背對著我，坐在植物叢中間的長髮女人。

有人！我先是感到一陣驚喜，直覺地踏出第一步，想要上前去，但同時又感到一股警覺心，會出現在這個異常花園內的人，或許不見得都是友伴。於是我壓抑下心中的衝動，慢慢地靠前。由於中央是一座堆高的土丘，所以我微微仰起臉，觀察那個背對我的女人。

她一頭黑色長髮，背影總感覺有些熟悉，但又很陌生，身穿一件紫色的長洋裝。這洋裝……我驀地覺得好像在哪裡看過。不，不是我的衣服，我記得我沒有這種類型的洋裝。

那個女人一動也不動，於是我試著向她搭話。「那個……請問……」

女人似乎不為所動。是我聲音太小了嗎？我又再開口：「請問一下，我迷路了，妳為什麼會在這裡？妳知道怎麼離開這裡嗎？」

這一次，女人的肩膀微微地動了一下。太好了，她聽到了嗎？我踏前一步，正想繼續搭話時，忽然聽到女人喃喃說了句什麼，但因為太小聲了，聽不清楚，我忍不住問：「嗯？妳說什麼？」

「……一樣……不會……」

「欸？」

我聽不清楚她在說什麼，但那低沉的嗓音透著一股怨氣，是我很熟悉的聲音。我下意識地感到恐懼，不覺倒退一步，感覺背部起了雞皮疙瘩。不會的，那聲音……

「……你就跟我一樣，」女人說：「不會有成就的。」

「妳……妳說什麼？」我不覺倒退數步，踩到了身後植物的根部。這個聲音，我知道這個聲音，那是……

「就算再努力也是一樣，因為我們根本就沒有才能。妳以為妳可以跟那些天才一樣嗎？妳可是我的女兒，女兒就跟媽一樣，會走上同一條路。妳有一天也會跟我一樣嘗到夢想破滅的滋味。」

女人以低沉的聲音訴說，緩緩地回頭，居高臨下地看著我。

「媽……」

這怎麼可能？母親怎麼可能會在這裡？因為她……她在五年前就已經過世了呀。但是那張臉，那確實是母親年輕時的臉，而且還跟現在的我有幾分神似，不過有著我熟悉的表情，從我有記憶以來，母親就一直是這副表情，苦悶、沉鬱、痛楚。

那長得像我母親的女人緩緩站起身，我看清楚她穿的一身紫色洋裝，忽然想起來我是在哪裡看過了。是〈黑夜〉，〈黑夜〉中描繪的女人就是穿著這一身輕飄飄的希臘風格洋裝。但是為什麼？為什麼〈黑夜〉裡的女人，卻有一張跟我母親年輕時一樣的臉？

「不要再說了，妳不管說再多也沒辦法改變命運。我說過了，妳是我的女兒，女兒就跟媽一樣。到最後妳也只能跟我一樣放棄夢想，與其到時候痛苦，不如現在就認清自己的極限。」那個女人繼續說，低沉的聲調不帶一絲情感：「妳不會成功的，因為我也沒有成功。」

「妳……妳不要過來！」我對著她大聲吼叫。這個女人所說的話語跟母親一模一樣，勾起了我內心刺痛的回憶。她總是這樣，母親總是這樣，似乎以貶低我為樂，但是她說這些傷害我的話時，表情也總是這麼痛苦。

「我才不相信妳說的話，妳自己失敗了，所以不希望我成功，因為妳不想承認自己沒有才能。我才不會跟妳一樣，我不會跟妳一樣一直沉浸在挫敗的痛苦中，我不會跟妳一樣！」不知不覺地，我也大吼著說出當年反駁她的話語。女人表情未變，一直都是皺著眉頭，一副忍受著痛楚的模樣。

「我是為妳好……」女人再度張口吐出母親的話語。

「妳不是為我好！妳只是怕萬一我真的成功了，妳會嫉妒而已！」

我知道的，母親以前也念過美術學校，也想過要當畫家，但是不管怎麼努力都無法得到認可，她只能放棄這個夢想，結婚生子當個家庭主婦。可是我想她一直都沒有忘記那個夢想，忘不了所以更痛苦，所以才會對也想要走藝術這條路的女兒口出惡言。

「……我說的都是真的，妳不會成功的……」女人說：「快點察覺吧，不要像我一樣……」

我倒抽一口氣，覺得全身發冷。母親在五年前發現罹患癌症。得知自己生病之後，母親一副漠然的態度，既沒有放棄治療，也不積極治療，因此不到半年就衰弱到必須入院，醫生宣布大概活不過一個月了。

母親過世前，我去醫院看她，從她呆滯的表情與無力的眼神，我驚覺她似乎已經等這一刻等很久了。她的心在那麼久以前就死了嗎？母親過世前只對我說了這麼一句話：「……不要像我一樣……」

那個女人也說了同樣的話。

「媽……」妳其實是不希望我跟妳一樣，才一直說那些話的吧？妳不希望我嘗到那樣的痛苦。可是，那些話簡直就是詛咒，把妳我都逼到了絕境。最後，我還是跟妳一樣……

「……不要……像我……」女人一再說著，但剎那間，我卻看到她的雙眼轉黑，宛如黑洞，接著兩道濃稠的黑色液體從眼眶中流出。不是只有這樣，她的鼻孔和嘴巴都流出了黑色的液體，染黑了那身紫色洋裝，不，她的身體也開始逐漸轉為黑色。

我不禁發出尖叫，倒退後撞到身後的樹叢，摔了一跤，我手忙腳亂地爬起來，想要逃離，下一瞬間我就看到那個原本是我母親形象的女人整個炸裂開來，崩潰成一灘黑色爛泥，爛泥噴濺到我身上，把我嚇傻了，眼睜睜地看著那灘爛泥從中央隆起的土丘流下來，仿如浪潮一樣淹沒了泥土與植物的根部，並朝我湧流而來。

我頓時回過神，轉身想要逃走，但我才踏出這座玻璃溫室沒幾步，就感覺到腳踝一陣溼黏冰冷，原來那爛泥已經流到我的腳邊，且已經淹沒腳背了。沒想到黑色爛泥流的速度竟然這麼快。我慌張極了，趕緊拔腿要逃，但那爛泥雖然流動速度極快，質地卻極為黏稠濃厚，纏著我的腳不放。我勉強抬腿，從爛泥中拔起腳，前進了幾步，就變得氣喘吁吁，腳變得好重，肌肉好痛。而這爛泥像是有意識般地湧動著，纏上腳背、腳踝，我打了一陣哆嗦，那感覺好像有雙冰冷的手，牢牢地握住我的腳踝。

我動彈不得。不僅是因為被黑色爛泥纏住了雙腳，也是因為心理上的恐懼，讓我整個人麻痺了。爛泥湧出玻璃溫室，朝四面八方流向外面圍繞的樹林、土地、樹根，全都被一團濃稠的黑所淹沒，但那些樹木、草葉與花朵仍屹立著，只在爛泥流過時輕輕搖擺了幾下。

救我！我想吶喊，但全身僵硬，連喉嚨都像被鎖住一樣。為什麼沒有人來救我？這是夢嗎？為什麼我還醒不過來？

淹沒了我的腳踝的爛泥像是沸騰的岩漿一般，一邊緩緩流動著，一邊冒著怪異的泡沫。但我隨即意識到那不是什麼泡沫，而是有什麼東西在爛泥底下湧動著，那東西像是很吃力地要掙脫開爛泥的束縛一般，浮起又落下，浮起又落下，逐漸地形成一個物體，緩緩上升。

我驚恐地發現，那似乎形成了一個人體的模樣，頭向著我，冒出如同肩膀和雙臂的東西，撐著地面，抬起上半身。從頭部傾瀉而下的爛泥飛濺至我的身上，不知道為什麼，那張臉上雖然遍布著黑色液體，但卻露出了一張有鮮紅色的唇的嘴。

我全身僵硬地站著，看著那如紅色的蟲般蠕動的雙唇，斷斷續續地吐出話語：「為……什麼……把我……丟下……優……」

那張嘴湧出鮮紅色的液體，像血一樣的液體。

我不禁發出尖叫，淒厲到我的耳膜都因此震動不已，完全無法想像那是我自己發出來的聲音。當時的我驚慌失措，只是一邊尖叫，一邊奮力地將雙腿從爛泥中拔出來，企圖逃離那個怪異的人體。那是方才那個長得像我母親的人嗎？還是……

我好不容易拔出雙腿，轉身要逃走時，卻發現眼前的景色變了。原本地上是一片黑色爛泥，現在上方卻浮著一層水，冰涼的水。樹林消失了，化為一片一望無際，沒有盡頭的水面，遠方的天際依舊是一片黑藍色，但地平線的彼端透出一簇橘紅色的光亮，模糊地映照著水影。

有一具人體倒臥在前方，面朝下地浸在水中。從體型和漂散浮在水面的髮絲知道那應該是個女性。是誰？那一動也不動的僵硬身軀，彷彿早就已經……

我醒了過來。我跪在房間內的地板上，不住地喘氣。鼻腔內充斥著一股刺鼻的味道，我低頭看著自己的手掌，不曉得剛才究竟是怎麼一回事。我一抬頭，發現那幅〈黑夜〉就放在離我不遠處的地板上……

05

「妳看到〈黑夜〉？〈黑夜〉原本就放在那裡嗎？」

當我說完我的體驗之後，誠一郎隨即一副忍耐不了一樣發出疑問。

我搖頭：「我不記得。印象中我把〈黑夜〉收起來了，為了不落下灰塵，還用氣泡紙和包裝紙包得密實，收在衣櫃內。但在我不知道的情況下，〈黑夜〉卻跑了出來。」

「會是妳的戀人拿出來的嗎？」小波渡問。

「我也不知道。」

眾人陷入一片沉默。之前我已經聽了其餘三人的體驗，各有離奇之處，不知道他們對我的體驗有什麼想法？

出乎我意料的，第一個開口的是由樹子，她以略微沙啞的聲音說：「遙香小姐的體驗，很恐怖呢。雖然跟我的體驗有點相似，都是在某個怪異的地方迷路，但遙香小姐看到的人物對妳說出了很傷人的話，而且最後那個從爛泥中冒出來的人，實在是太可怕了。」

「對呀，我也覺得某種程度來說跟媽的體驗有些類似，都遇到了長得像自己認識的人，然後化作一堆爛泥。那黑色的爛泥應該就是〈黑夜〉了吧？」誠一郎說，最後一句話是對小波渡的提問。

「可能是吧。這一點確實跟由樹子女士的體驗有類似的地方，真是不可思議。」小波渡說。

「如果〈黑夜〉是自己跑出來的話，那還真是神奇，簡直就像是有自我意識一般。」誠一郎又說：「該不會那天晚上的會川先生也……」

他察覺到自己似乎提起了不該提的事情，及時住了口。由樹子臉色發白，低下了頭。我也覺得渾身一陣顫慄，不覺用右手抱住左臂。

只有小波渡神色自若地說：「誠一郎先生是想說，我們那天看到的會川先生，搞不好就是〈白晝〉？」

「有可能是這樣嗎？〈黑夜〉或〈白晝〉有可能化身成我們認識的人，而且唯妙唯肖到讓我們一時之間認不出來？」見小波渡有所回應，誠一郎一鼓作氣爆發出來：「如果那天晚上參加座談會的人真的不是會川先生，那是為什麼？為什麼〈白晝〉要化身成會川先生來說他的體驗？」

「我也不清楚。」小波渡不置可否地聳聳肩：「如果那天我們看到的人真的不是會川先生，或許是因為〈白晝〉跟會川先生產生了某種共鳴，才會化身為會川先生，出現在我們面前吧。」

「是什麼樣的共鳴？」

「這個嘛……」小波渡面無表情地說：「或許是想要告訴我們，我們當中有殺人兇手？」

誠一郎隨即臉色一變，由樹子肩膀跳了一下，頭又垂得更低。

「燈里小姐，妳別開玩笑了，會川先生是自殺的吧，法醫都鑑定過了。雖然死亡時間有點奇怪，但刑警都說確定是自殺，沒有人有嫌疑喔。」誠一郎抖著嘴角說。

「確實如此，」小波渡隨即道歉：「真是抱歉，是我玩笑開過頭了。」

「真是的，真沒想到燈里小姐竟然也會開玩笑呀。」誠一郎說，表情明顯地鬆了一口氣。

「抱歉。」

「算了，沒事啦。不過，遙香小姐說完了她的體驗，這個座談會就算結束，遺囑的條件也成立了吧？」

小波渡點頭：「是的，謝謝各位的配合，座談會完滿結束。明天我會與樋口律師聯絡，接下來就可以給各位約定好的報酬了……」

「是這樣嗎？太好了。」誠一郎明顯露出喜孜孜的神情。

接著小波渡轉向我說：「穗坂小姐，辛苦妳了。明天我們找個時間談談〈黑夜〉的事情。」

「呃……好……好的，麻煩妳了。」我對小波渡擠出笑容，右手仍緊緊地抱著左臂。

「那麼，今天的座談會就到此結束了。」小波渡站起身，走至壁爐前：「雖然中途曾發生不幸的事件，但很感謝各位依然願意配合，完成本間老師的遺願。請好好休息，祝各位今晚有個美夢。」

語畢，她深深地朝我們三人做了一個九十度的鞠躬。

我能夠做美夢嗎？

座談會結束，我們各自回到房間。我已經筋疲力竭，換下衣服後就躺在床上，累得一根手指都動不了了。我能睡得著嗎？才模糊地這麼想，下一刻我就陷入睡夢中。

夢裡還是那個怪異的花園，像人造的樹木與花叢擋住了前方的視線，腳下是一片爛泥與浮在上層的薄薄的水。我踏著水聲緩慢前進，但只是茫然地走著，不知道方向，不管怎麼走，周圍都是一片生長在淺水中的樹林景象。我已經累了，但或許就像這樣無意識地走著，還感覺比較好。這是美夢還是惡夢呢？我是不是一直在那個幻境裡？

忽然感覺到劇烈的震動。像是被什麼東西抓住身體，左右拚命搖晃一般。這是怎麼一回事？我睜開眼睛，發現自己在一片黑暗中，坐在床上，但四周激烈地搖晃著，整棟房子都在顫動，屋頂好像傳出傾軋聲。

我終於回過神來，意識到這是地震。除了二〇一一年的東日本大地震以外，我從未經歷過這麼劇烈的地震搖晃。我感覺到身下的床鋪在跳動著，房間內所有家具都移位了，聽到很多東西紛紛掉落的撞擊碎裂聲。

我本能地從床上跳起來，鑽進書桌底下。我可以聽到桌椅在地板上跳動的喀喀聲，檯燈、水壺、面紙盒等等物品全都砸在地上，我的行李箱也倒在地板上。不只是我的房間，也聽到外面傳來很多東西紛紛掉落或倒下的聲音，整棟房子似乎發出轟然巨響。

我摀著耳朵，跪在地上，心裡拚命想著，停下來！停下來！

然後，總算是停下來了。

但是我一直窩在書桌底下，直到確認周遭已恢復平靜，才戰戰兢兢地爬出來。我赤腳踩到地板上掉落的東西，腳心一陣疼痛。但即使看不清楚地板上還有些什麼東西，我還是一拐一拐地走向落地窗，打開窗簾。

外頭靜得嚇人。夜空下，遙遠的城鎮，散發出微弱的光亮。我茫然地看著眼前景色，腦中一片空白。

過了一段時間，我聽到房間外面走廊上傳來腳步聲與說話聲，然後有人敲我的房門，傳來誠一郎的聲音。「遙香小姐！妳沒事吧？」

雖然看不太清楚，但我踢開地上一堆亂七八糟的東西，打開房間門。走廊也是一片漆黑，什麼都看不到，而站在門口的誠一郎身穿T恤和運動褲，手上拿著手電筒。

「誠一郎先生！」

「遙香小姐，妳沒受傷吧？」

「我沒事……誠一郎先生，你們還好吧？」

「我沒事，但我媽沒有回應……燈里小姐去拿備用鑰匙打開我媽房間的門。」誠一郎說，又匆促地轉身，我趕緊跟上他的腳步。

沒過多久，就見拿著手電筒與鑰匙的小波渡走過來，我們集結在由樹子的房間門前。打開門後，手電筒照耀下的地板一片凌亂，比較輕的桌椅等家具都移位了。但由樹子安然地躺在床上，發出輕微的鼻息。看來她是因為睡前吃了安眠藥，藥效未退，所以即使發生了天大的地震也沒有醒過來。誠一郎鬆了一口氣，坐在母親床邊。

「還好……」

「幸好由樹子女士沒事。」小波渡說：「兩位請小心一點，因為可能有餘震。我去看一下其他地方的狀況。」

見由樹子沒事，我也鬆了一口氣。我也擔心餘震，不敢回房間繼續睡，便來到中央棟的起居室。我試著開燈，但理所當然地沒有電。果然斷電了嗎？我嘆了一口氣，這麼大的地震，斷電似乎是理所當然的事情。我想到不只斷電，還可能斷水，交通系統也會出問題，可能一時之間不僅生活狀況會遇到困難，也無法順利離開北海道……我還要被困在這裡多久？

小波渡從廚房冒出來，遞給我一支手電筒。「宅邸內有自動發電機，我去啟動。還有，廚房的儲備糧食充足，問題只在於儲水有可能不夠，這一點等天亮了再想辦法。」她像是知道我在想什麼一樣連珠炮地說明起來：「我去倉庫看一下，穗坂小姐，請妳先在起居室休息。」

是呀，除了我們的生存問題以外，對小波渡來說還有另一件更重要的事情，那就是保管在宅邸地下室倉庫內的畫作。但我沒有心思跟著小波渡去見識收藏在倉庫內的本間雄太郎真跡，只是覺得這地震發生得太湊巧，也太不湊巧。偏偏在座談會結束，大家都以為可以解脫的時候，出了這麼大的地震。這是命運嗎？

起居室內的沙發和桌椅櫃子等家具較厚重，所以沒怎麼因為震動而移位，但一些物品跟擺飾掉了一地，我用手電筒照著地面，拾起掉落的物品，稍微整理一番。

小波渡幾乎可以說是一去不回，誠一郎見母親沒事以後，也來到起居室，他用手機搜尋網路新聞，知道是很大的地震，北海道全區域都有震感，好像有幾個地區還出現道路斷裂、土石流、房屋倒塌的災情。

「幸好這棟房子沒事……」誠一郎喃喃地說。

宅邸看起來建造得挺堅固的，只是東西掉得亂七八糟，不知道那些收藏的畫作有沒有事。

「道路中斷，班機取消……」誠一郎一直盯著手機螢幕，嘴裡碎碎念：「可惡，我本來已經訂好明天下午的機票了。」

原來誠一郎和由樹子早就打算儘速離開這裡了。而我呢？我感覺自己好像還在震動中，整個人搖搖晃晃的，無法思考下一步。

誠一郎回去他的房間休息，但我不敢動，也不想動，抱著膝蓋坐在沙發上打盹，可是又無法睡著，只是陷入朦朧的意識中，時間似乎在一瞬間逝去。

「穗坂小姐？」

我抬眼，看見黑暗中那雙如銀月般的眼睛。啊啊，這是指引我離開那幻境的月光嗎？

「燈里小姐……」

「妳沒事吧？要不要回房間休息？」

「沒……沒事。」我眨了眨眼，試著重振精神：「本間老師的畫還好嗎？」

「地下室倉庫內的畫作都沒事，但有一些掛在一樓展廳的畫作掉了下來……幸好沒有受到太大的傷害。不過……」銀白色的雙眼閃爍，小波渡難得地有些欲言又止。

「燈里小姐？」

她微微低頭，思索了一會兒。又抬頭直視著我的眼睛：「穗坂小姐，妳身體狀況還好嗎？」

「還可以。怎麼了？」

「還可以的話，請跟我過來吧，我要去確認一件事情。」

她說著走出起居室，我也只得跟上她的腳步。小波渡帶著我下到一樓，從後門離開宅邸。外頭冷風強烈，但是周圍一片平靜，完全感覺不出來數個小時前經歷了一場大地震。我看到遠方的天際已散發出灰白的微光，天空呈現幽暗的灰藍色。小波渡信步朝宅邸後方的樹林走去，而我直到跟著她一起走進樹林，穿越那條小徑時，才意識到她的目的地是哪裡。

但是我看到了。透過樹叢縫隙，我發現了，原本矗立在樹林盡頭的那一座獨棟木造平房，已經被夷為平地。

我和小波渡站在破裂為不成形的木塊碎片的殘骸前，支撐整棟房子的木柱斷裂成好幾節，外牆的木板碎裂成一塊一塊，古舊的屋頂整個坍塌下來，破碎的屋瓦飛濺四處。

「地震的時候，我聽到了巨大的聲響，」站在我旁邊的小波渡輕聲說：「我以為是宅邸要垮了，但剛剛檢查過一遍，宅邸的結構很完整，好好地支撐住，挺過地震。這麼一來，垮下來的應該就是這裡了……畢竟是這麼古老的房子。」

「裡面的東西呢？本間老師的畫作？」

「幸運的是，畫作都已經收到倉庫內了，但其他東西，本間老師作畫的顏料、工具，他這十五年來在這裡的生活軌跡，全都被埋在下面了。」

「全都沒了？」

「不少東西應該都被壓壞了吧。就算還完好，也無法再回復到以前的樣子了……」

過了一會兒，我才發現自己在流淚。視線模糊，滑下臉頰的淚水完全停不下來。落淚變成啜泣，我無法阻止自己發出聲音，抖著肩膀，吸著鼻子，難以言喻的情緒化為嗚咽，跟著淚水一起流洩而出。

我到底是為了什麼而哭呢？因為惋惜無法保留本間雄太郎的工作室？因為那碎裂成一塊一塊，無法再回復原狀的遺憾？

我也不知道為什麼，只是像要發洩這幾日以來的驚惶、無助、恐懼一般，不停地哭泣著。

小波渡什麼也沒說，只是靜靜地站在我身邊。

我們站在這已化為塵土的回憶前，看著初升的陽光灑落大地，灰塵漫舞於金色的光柱中，宛如緩緩飄升的餘香。

後來我才知道，九月六日凌晨三點的地震，是北海道有史以來第一個超過七級的大地震，而且震央似乎就在安村町隔壁的集真町。距離這麼近，難怪會覺得搖晃這麼大。

北海道的水電與交通斷絕了好幾天，原本預計六日就要離開的誠一郎與由樹子也只好再多留下幾天。本間宅邸設置獨立的發電機，所以電力的問題還好解決，但儲備的水就不太夠讓四個人生活了，於是小波渡和誠一郎開車去鎮上買水，並補充一些食材與生活用品，但非常困難，因為搶著要水與生活用品的人非常多，連汽油都不太夠。

安村町有數棟房子倒塌，十多人受傷，幸好沒有出現死者。但隔壁震央的集真町就不是這麼幸運了，據說有二十多人因為屋舍倒塌與土石流而罹難。一時之間，整個北海道陷入停滯的狀態，我們也像是被困在孤島一樣，過著彷彿被隔離的生活。

但最主要的問題還是毀壞的本間雄太郎工作室。樋口後來也過來安村町一趟。札幌市區有一些受害，但他的住家與辦公室都平安無事，只是看著那一片平坦的殘骸，他面露難色。

「本間美術館的其中一個賣點沒了……看來要開放，還得再多等一段時間。」我聽到樋口對小波渡這麼說：「我先試看看能不能找到人過來整理，不過最近到處都在忙著救災，可能找不到人手，請妳再多等一會兒吧。」

到了九月十日，北海道的交通恢復正常，大部分地區也恢復了水電供應。一得知機場恢復正常運作，誠一郎馬上去電航空公司，為自己和由樹子換到了機票。當天下午，兩人隨即收拾好行李，誠一郎開著車子帶由樹子前往機場。

臨去前，誠一郎向我告別時說：「遙香小姐，雖然發生了不少事情，但很高興認識妳，希望以後還有機會見面。」

還有機會再見面嗎？

送走誠一郎和由樹子後，這偌大的宅邸內就只剩我與小波渡兩人。我與小波渡站在大門口，看著誠一郎的租車駛離宅邸前寬闊的道路，接著轉往外面的公路，引擎聲漸漸遠去。

小波渡先開口：「穗坂小姐，雖然還有很多事情要忙，不過，我想妳應該想快點談談〈黑夜〉的事情吧。」

小波渡這幾天都忙著在整頓和修理宅邸內因地震而損壞的東西，幾乎沒時間與我說話。但現在交通已經恢復，我隨時都可以離開的狀況下，我也希望可以儘快確認〈黑夜〉收購的事情。我已經沒有時間了。

我點頭，隨著小波渡的腳步進入宅邸內，她帶著我來到一樓的大型展廳。這裡依舊什麼也沒有，光潔地板發亮，從落地窗透入的陽光留下方形的光影。白色的牆壁空無一物，牆上的打光燈卻是開著的，在白牆上投著淡淡的黃光。空曠，寬大的展廳內，只有我們兩人的腳步聲。

「燈里小姐，〈黑夜〉……」

小波渡突然回頭，她離我一段距離，銀白色的眼睛平視著我：「穗坂小姐，我記得之前應該跟妳說過，對於收購本間老師以前一些賣出去的畫作，我們不得不謹慎一點，是因為最近這一、兩年出現了一些偽作。」

「嗯，我記得。」

「所以這一次妳帶來的〈黑夜〉，我們也很慎重地做了鑑定。不僅是由我和會川先生看過，後來也請了藝術品鑑定專家濱田教授看過。」小波渡說著停了一會兒：「我們三人的結論是，穗坂小姐，妳帶來的〈黑夜〉是偽作。」

什麼？這個人是在說什麼？我的〈黑夜〉怎麼可能是偽作？我驚慌失措，聽到自己的嘴裡不自覺地發出嗚咽聲：「不可能……」

「為什麼不可能呢？」小波渡語調冷靜地說。

「因為……因為那真的就是真跡呀，我在藝術市集上看到的時候，就覺得那是真跡了。」我慌亂地說：「還有，如果是偽作的話，那我的體驗……」

「對，我想妳的體驗是真的。在妳經歷那個怪奇體驗的時候，〈黑夜〉的真跡應該就在妳的身邊，只是並非妳帶來的這一幅。」

「怎麼可能！如果不是這一幅，那……」我忽然想起了一件事，不禁倒抽一口氣。

小波渡看著我，「妳知道的吧。那個家裡，除了有〈黑夜〉的真跡以外，應該還有其他幾幅偽作。妳帶出來的應該就是其中一幅偽作。」

這麼說來，真正的〈黑夜〉還在那裡？怎麼可能？我仔細看過了，確認我帶出來的這一幅就是真跡……可是我當時離開的時候很匆忙，沒有仔細對照，說不定……

似乎是見我一臉驚慌，說不出話來，小波渡又開口：「出現本間老師的偽作，是在最近這一、兩年的事情。大多都是尺寸較小的畫作，筆觸和構圖都模仿得相當精巧，可見得模仿者本身有十足的功力。雖然製作精妙，但也只能騙過外行人，熟悉本間老師作品的人或是鑑定專家都能發現是偽作。

「這些偽作流傳到市面上，以高價賣出，有不少人被騙了。經過調查，我們發現這些偽作中最常出現的主題就是〈黑夜〉。至今為止已經發現了五幅〈黑夜〉的偽作了，包括妳帶來的那一幅在內。而且，跟其他偽作比較，〈黑夜〉的作畫顯得更精細，就像是那個模仿者直接仔細觀察真跡一邊作畫一樣。」

我渾身發抖，感覺背上冷汗涔涔。

「妳家裡有幾幅〈黑夜〉呢？連妳都會拿錯，可見真的畫得很好……」

「不……不是這樣的，我沒有……不是我做的……」我嘶啞地吼道。

「據說穗坂遙香非常喜歡本間老師的作品，尤其是在人物方面，似乎也常常參考本間老師的寫實作畫技巧，所以要模仿本間老師的筆觸並不是那麼困難的事情……」

「不是，妳聽我說，真的不是我做的……」我艱難地開口，但感覺到喉嚨乾灼疼痛，吐不出話語。

「當然不是妳做的，」小波渡說。她站在暗處，端整臉上那雙幾乎沒有顏色的眼睛似乎在發光。「因為，妳不是穗坂遙香。」

這句話如同雷擊，打在我的頭上。我的雙膝顫抖，幾乎快要站不住了。

「妳……妳胡說……」說話時，我感覺牙齒打顫：「妳怎麼證明……我不是……穗坂遙香？」

「我也跟妳相處一段時間了，我一直都覺得有一點很奇怪，」小波渡說：「妳從來就沒有自稱是穗坂遙香，只是當別人這麼稱呼妳的時候，妳沒有否認而已。我們第一次見面的時候也是這樣吧？是我先問妳是不是穗坂遙香，但現在想來，妳那時候也沒有正面承認。」

是這樣嗎？難道是我在無意識之間這麼做嗎？

「另外，身為專業插畫家，我發現妳來到這裡以後卻從來沒有作畫。當然，我知道妳跟我提過，一年多前陷入創作低潮以後，妳就幾乎無法提筆作畫了。可是那天晚上，妳在座談會上是怎麼說的？妳說，『戀人說妳最近好像在畫些什麼，是不是表示妳又開始創作，可以復出了』？可是妳先前告訴我妳完全無法提筆，已經很長一段時間什麼都沒畫。這矛盾是怎麼一回事呢？」

我是這麼說的嗎？我這麼說了？那雙眼睛依然逼視著我，我感到難以忍受，卻又無法移開視線。

「還有一處矛盾，妳說在體驗中看到了一個長得像自己母親的女人，妳也說妳的母親在五年前生病過世了。可是奇怪的是，我記得穗坂遙香的母親應該還在世吧？我看到的那篇四年前的訪談，可是有提到她和母親不久前一起去旅遊的事情。」

我喉嚨發乾，全身僵硬，連一根手指都動不了，也發不出任何聲音。

「還需要其他讓我懷疑的證據嗎？之前刑警為了會川先生自殺的案件過來說明時，正好有個制服警察過來喊了聲：『市野先生。』當時妳跟市野先生一樣有反應，同時看向那個警察。為什麼呢？」

那是沒有辦法的事情，畢竟我……

「我想應該是因為妳的本名跟市野先生的名字很接近吧？」小波渡代替動彈不得的我回答了：「我記得，穗坂遙香有一個同居室友，叫做一之瀨優奈。或許沒有對外公開，但那位一之瀨優奈跟穗坂遙香是戀人關係，是不是？」

我已經全身虛脫。我不知道我為什麼還能站著，沒有倒下。

「一之瀨小姐，我想妳應該是不太擅長說謊的人吧。或許因為妳長年待在穗坂遙香身邊，對她的事情相當清楚，但那個怪奇體驗的故事還是讓妳露餡了，畢竟那是妳的體驗，不是穗坂遙香的體驗。妳雖然想把自己當作穗坂遙香去描述體驗，但妳有時候會不自覺地又回到自己的身分，因此才產生這些矛盾。」

她看著我，但仍站在原地，可是我卻覺得她好像正一步一步地逼近自己。那雙眼睛，沒有顏色、沒有表情的眼睛，猶如巨大的雙重滿月，塞滿了我的視線。

「一之瀨小姐，穗坂遙香在那裡？喔，」她微微歪頭，那張沒有表情的臉，看起來好像露出了獰笑：「看來，她還在浴缸裡呢。」

浴缸裡的人、刺鼻的氣味、凌亂的地板、紅色的……

下一瞬間，我發現自己坐倒在地上喘氣。她是怎麼知道的？我拚命地吸氣，吸到全身顫抖，卻還是有一種缺氧的感覺，頭昏腦脹，兩眼發黑。

「冷靜點，深呼吸。」我聽到小波渡的聲音，有點遙遠，但是很清晰。

我試著做了幾下深呼吸，遮蔽眼前的黑霧才逐漸散去。但是我仍感覺到撐著地板的雙手在微微顫抖著。

她說得沒錯。我和遙香是藝術大學的同學，同樣是油畫科，都對插畫有興趣，更是本間雄太郎的粉絲。氣味相投的我們，很快就在一起了。我欽羨她的才華，對創作的專注，那雙總是閃閃發亮的眼睛，看見的是什麼樣的世界呢？一定跟我這種資質駑鈍的人不一樣吧。現在想來，或許我只是想要在近距離看著這個才華洋溢的女孩發光發熱的模樣而已。

但我也是有我的夢想的。即使被母親如何地貶低、咒罵，我也希望可以走上母親沒有完成的那條路，成為專業藝術家，任何形式都好。但事實證明，我沒有這個能力。

我和遙香的發展就像兩極，她平步青雲，原本作品就受到一些好評，陸續接到插畫的案子，得獎以後聲勢更是水漲船高，案子多到接不完。而我不僅不受青睞，參加比賽也是屢戰屢敗，案子少到無法單靠接案生活。我在一旁看著遙香每天埋首於作畫，消化成堆的案子，反觀我作畫的時間卻越來越少。我忽然領悟到，我真的就跟母親說的一樣，不會成功的。

但只要遙香成功，我就滿足了。我當時是這麼想的，或許也是強迫自己這麼想吧，唯有這樣才能讓我徹底放棄。所以我再也不畫畫，進入一家商品設計公司工作。幸好在學時期學過一點電腦繪圖，知道怎麼操作繪圖軟體，這份工作也很簡單，只是依照主管與客戶的要求去製圖、修改而已。講好聽一點是設計師，只是能發揮設計創意的地方幾乎只有一丁點，對我這種只有半調子創意的人來說也算恰到好處吧。

或許是不想要讓自己想起那個夢想，我再也不畫畫了，只是每天工作時操作一下繪圖軟體，不再像以前那樣熱切地提起畫筆，試著想要揮灑些什麼。

而遙香原本一切都很順利的，直到她因為太過努力接案而過勞病倒。我沒想過遙香也會陷入創作低潮。我一直以為她跟本間雄太郎是同一類人，生來就有源源不絕的靈感，一生都是藝術家。更沒想到，病癒後的遙香只恢復了短暫一段時間，不到一年，她彷彿已經枯竭的井底一般，什麼都掏不出來了。

我自己也經歷過低潮，而且是完全爬不出來的低潮，所以我可以理解遙香有多痛苦，我當時認為，我只要靜靜地守護在她身邊就好了。這只是暫時的現象，遙香只是太累了，只要再休息一段時間，她就可以像以前一樣神采飛揚地面對畫布，繼續創作了。

但是，遙香的低潮持續了近兩年，而且一直都沒有恢復。我知道她還是試著在畫些什麼，但她從未給我看過，也沒有提過這些事情。我以為她只是想要找回手感在做練習而已，直到那一天，我才發現遙香這兩年來究竟都做了些什麼事情。

那天我下班回來，遙香難得地沒有窩在畫室內，而是坐在餐桌前發愣。

「遙香？」

她回過神，愣愣地看著我一會兒之後，才緩緩露出笑容。「啊，優奈，妳回來了。」

最近她的神情和動作都有些遲緩，其實我心裡有些擔憂，但因為狀況不太嚴重，所以我想先觀察一下再說。我將皮包放回房間內，換下外出服，又回到客廳。

「晚餐要吃什麼？」我問遙香。

遙香搖頭，接著又低下頭，盯著放在餐桌上的手機。

「怎麼了？妳在等誰的電話還是訊息嗎？」我問。我心裡想，是不是終於有新案子了？

於是我繞過餐桌，走至遙香身邊。

「沒……沒什麼，我只是在休息……」她有些囁嚅地說，一看到我過來，似乎是下意識地遮住手機螢幕。

但即使她試圖遮住螢幕，我還是看到了一點。她在看一封訊息，手掌下露出來的文字寫著「黑夜」、「收購」等字眼。我也知道像這樣窺視戀人的手機訊息並不是好事，但我看到的這些文字讓我太驚訝了，忍不住說：「〈黑夜〉？有人來問〈黑夜〉的事情？為什麼？」

遙香臉色不太好，眼珠子轉了轉，似乎想開口，卻又把嘴裡的話語吞下。

「遙香？」

她吐了一口氣，接著才吞吞吐吐地開口：「我接到一通電話，有人找我談〈黑夜〉的事情……」

接著她告訴我，本間雄太郎美術館想要收購〈黑夜〉。她剛才在看的訊息是對方提出的收購價格，這價格相當高。我們當初原本就是以低價買下〈黑夜〉，所以這個價格的差距很是驚人，我也嚇了一跳。我們也討論了一下，對方究竟是怎麼知道〈黑夜〉的真跡在遙香手上的。但沒有什麼結論。

「妳覺得呢？」我問。

遙香低吟了一會兒之後說：「我不知道。對方都找來了，那就表示我們的〈黑夜〉確實是真跡吧。雖然如此，我實在是不太想放手……」

「可是這價格很驚人呢，」我說：「對我們的生活是很大的幫助。」

「這個……也是啦，只是我……」

出乎我意料地，向來做事乾脆的遙香這一次卻有些吞吞吐吐的。如果她真的很喜歡〈黑夜〉，不想放手，她會更乾脆地拒絕。如果沒有那麼捨不得，她也會直說想要賣掉。遙香這不上不下的態度，不禁勾起了我的疑慮。遙香到底在猶豫什麼？

我想起之前原本一直都掛在牆上的〈黑夜〉被遙香收在畫室儲藏櫃的深處，也不知道保存得如何。如果真的要賣的話，也得確認一下狀況吧？所以我起身說：「〈黑夜〉是不是收在儲藏櫃裡？不知道現在是什麼狀態，要不要去看一下？」

我轉身走向遙香的工作室，聽到遙香慌張地說：「優奈，等一下，我覺得還是不……」接著是她慌忙起身，卻不小心絆到椅腳的聲音。

我其實已經許久沒有進入遙香的工作室了，我不想打擾她的工作，另一方面也是不想觸景傷情，想起以前我也曾埋首於畫布和顏料堆的日子，因此我到那個時候為止，真的不知道遙香都在工作室裡面做什麼。

當時我心裡邊想著，遙香不知道在慌張什麼，一邊順手打開門。

我看到〈黑夜〉。

〈黑夜〉就放在我眼前的畫架上。

我回頭對一臉蒼白的遙香說：「妳已經拿出來了？難道妳其實是想要賣掉的嗎？遙香……」

但我從她的眼神察覺到有哪裡不對勁。我很熟悉遙香的習慣，我知道那眼神，那是在說「糟糕被發現了」的眼神。

另一個疑點是氣味。那張〈黑夜〉傳來新鮮的顏料氣味，再仔細一看，畫面黑色的背景閃著溼潤的油光，彷彿才剛剛畫好一樣……這怎麼可能呢？除非……

我再度看向遙香，她的表情說明了一切。

我的腦中閃過各種猜測，儘量不往壞的方向去想。她應該只是在臨摹，對，遙香是在練習恢復手感，所以臨摹自己喜歡的畫家的作品，這種事很常見，況且真跡就在手邊，當然會想試著臨摹。但是，遙香蒼白的臉色與游移的眼神，卻又讓我感到不安起來。

「遙香，妳是在臨摹吧？只是練習而已，對不對？」我小心翼翼地問。

「我是……」她僵硬的嘴角痙攣了一下。

不行了，那是她說謊的徵兆。

我轉頭四處查看，接著走向之前放置〈黑夜〉的儲藏櫃。我聽到遙香在我背後囁嚅地說：「優奈，妳聽我解釋……」

儲藏櫃內放了不少雜七雜八的東西，成綑的畫布、畫框細木條、繪畫工具箱、舊畫架等等，裡頭散發出顏料的氣味。但除了這些以外，最引人注目的還是幾幅尺寸差不多大小的畫作，有三幅是〈黑夜〉，兩幅是本間雄太郎的另一幅畫。

「遙香，妳為什麼要畫這麼多〈黑夜〉？還有其他也是本間雄太郎的……」不好的預感讓我及時住嘴。我不想懷疑自己的戀人，可是……

遙香露出放棄一般的表情，她眼神呆滯，緊繃的臉頰也鬆弛了下來。那不是我熟悉的遙香。遙香總是精神奕奕，對藝術有無限的憧憬與靈感，是展翅飛翔的鳥兒，自由自在的靈魂，不是我眼前這個面容枯槁消瘦，兩眼無神，彷彿被全世界放棄一般，無所適從的孤兒。

還是因為我這一陣子從沒仔細看過她？遙香是什麼時候開始變成這樣子的？

「遙香……」

「妳已經猜到了吧？」她似乎努力想要擠出笑容，但不是很成功，臉頰只僵硬地抽動了一下。

「妳是從什麼時候開始……」

「我原本只是想要當復健，所以才開始臨摹〈黑夜〉的。可是好神奇，我自己沒有任何想法，完全畫不出來，但模仿〈黑夜〉的時候卻畫得很順利，太順利了，完成的時候我都很驚訝，簡直就跟真跡一模一樣……」

遙香從一年多前開始臨摹〈黑夜〉與其他本間雄太郎的幾幅作品，然後在一個偶然的機會，她遇到一個以前也曾是同一經紀人的藝術家細川唯斗。細川前幾年也是遇到瓶頸，幾乎算是半退出業界了。遙香遇到跟她有相同際遇的人，不禁向細川訴說了自己的近況。原本只是當發牢騷以及與同病相憐的人互相取暖而已，哪裡知道，細川雖然表面上已經退出業界了，但他私底下卻是在做畫假畫的勾當。

細川看了遙香臨摹的幾幅畫以後驚為天人，便將遙香介紹給販賣假畫的集團。起初遙香也很猶豫，因為這畢竟是犯罪。

「可是……可是，大家都說我實在是畫得太好了，幾乎是以假亂真，從來都沒有人這麼肯定過我，所以我……我……」

「遙香，可是就算妳把畫賣出去，大家也只認為那是本間雄太郎的作品，不是妳的呀。」我忍不住說。

「妳不懂嗎？我就是連這一種肯定都想要，我已經淪落成這種人了，只想要被認同，只想要有人對我說妳做得真好，即使做的是這種偷雞摸狗的犯罪也沒關係。」遙香流著淚，激動地說。

我靠上前，抓住遙香的肩膀。「遙香，妳真的把這些畫當做本間雄太郎的真跡賣出去了嗎？妳真的……」

「是呀，我拿去賣了，而且賣得可好了，那些沒品味的收藏家沒一個人懷疑，以為自己付了一大筆錢買到真跡，偷藏在家裡。」遙香冷笑：「我何必為了生活賣掉〈黑夜〉呢？我可以賣出多少個〈黑夜〉呀，妳不知道現在我戶頭裡有多少錢，再多賣出幾幅畫，我可以比本間雄太郎還要有錢……」

「遙香！」我忍不住大聲喝斥，用力搖了一下她的肩膀：「妳不是這種人呀，妳不是會為了錢去做這種事情的人，妳為什麼……」

「我不是這種人？那妳認為我是哪種人？」遙香表情冷硬，但雙眼赤紅。

「遙香，不要這樣自暴自棄。低潮只是暫時的，不是嗎？」我痛切地說：「就算……就算妳真的打算放棄，也不該做這種事情呀。我可以幫妳介紹工作，或是我們一起去找其他出路……」

「什麼工作？什麼出路？」遙香冷冷地說，用力甩開我的手：「跟妳一樣去做那什麼商品設計嗎？那算什麼工作，只是聽主管和客戶的意見畫畫線條而已，要妳改什麼就改什麼，沒有創意也沒有靈魂，那樣叫什麼設計師……」

我的心倏地冷了下來。或許我這陣子確實沒有好好看顧遙香，沒有注意到她已經沉入谷底的心理狀態與求救訊號，導致她跟細川搭上線，成為畫假畫的犯罪者，但她怎麼可以這麼說我？

「原來妳一直都是這麼想的嗎？」我渾身顫抖地說：「放棄夢想，不再畫畫的我就這麼不堪嗎？妳一直都是用這種眼光看我嗎？」

遙香似乎也察覺到自己說過頭了，臉色蒼白，咬著下唇。「妳已經放棄了，可是我……

我不想放棄……」

「不想放棄不代表妳要去賣假畫呀。」

「妳懂什麼？」遙香大吼起來：「妳已經不畫畫了，哪能懂我的心情？妳不懂那種就算是犯罪也想畫，也想要被別人認同的心情，我不管怎麼樣都不想放下畫筆，跟妳不一樣。」

「就算是這樣，妳畫的仍舊不是穗坂遙香的作品呀。」我欺近遙香，哀求地說：「遙香，求求妳，醒醒吧，不要再做這種事了，妳一定可以恢復原狀的，我會好好支持妳……」

「支持？」遙香用力地推開我，我一個踉蹌往後退，撞倒了放著那幅剛畫好的〈黑夜〉偽作的畫架，畫作連同畫架匡噹匡噹地掉落地板。

「妳說妳支持我？妳不是心裡在偷偷竊喜嗎？看我變得跟妳一樣，什麼都畫不出來，妳不是很高興嗎？妳就是希望我跟妳一樣放棄創作，去當那沒什麼用的商品設計師，不是嗎？」

「我沒……」我想要反駁，但我真的沒有這種想法嗎？看到遙香陷入低潮，抱頭苦惱的模樣，我真的沒有幸災樂禍嗎？我看著遙香氣憤的臉孔，帶著恨意的眼神。這個人已經不是遙香了，是一個死命抓著過往榮光的怪物。

「總比當個下三濫的犯罪者要好吧。」我聽到自己的聲音這麼說。

我看到遙香快速地靠上前，手一抬，感覺到一股力道甩過我的臉頰，一陣火辣辣的痛。

遙香抓著我的衣領大吼：「都是妳！都是妳的錯！說什麼要把夢想寄託在我的身上，妳的夢想是妳的事，跟我沒關係！妳自己夢想破碎了，就不要把壓力推到別人身上！」

我試圖拉開遙香纏在我頸子上的手，但她的力氣出乎意料地大，緊緊勒著我的脖子不放。我們兩人妳拉我扯，在遙香小小的工作室內打轉，撞倒了不少桌面上的顏料與作畫工具等物品。

我一邊喘氣一邊說：「妳只是沒有勇氣放棄而已，不要怪別人！」

「至少我還在努力呀，那妳呢？以前老是說要完成妳媽沒有完成的夢想，結果看妳現在是什麼樣子？妳跟妳媽都是失敗者，放棄不是因為有勇氣，是因為根本就沒有才能……」

我眼前一紅，本能地雙手用力往前推，遙香被我推得向後一退，踩到了因我們的爭執而掉落地面上的一堆顏料與工具，接著身體失去平衡往後倒。

在我眼中，那像是慢動作一樣。我看到遙香整個人向後仰倒，我反射性地伸出手向前，但只看到她撞上身後的桌子，「碰」地一聲，她全身彈了一下，桌上的東西也幾乎都被震落，遙香隨著那些物品一起滾倒地板，她的四肢抽搐了一下，接著一動也不動。

過了一段時間我才回過神，靠過去：「遙香？遙香？」

她的身上傳來強烈而刺鼻的味道，是松節油的氣味。遙香方才撞到桌子時，也打翻了桌上的松節油，灑得全身都是。遙香四肢攤平，雙目緊閉，似乎沒有意識。

「遙香？」

除了松節油強烈的氣味以外，我還聞到了另一種鐵鏽般的味道。我撫著遙香的身體，但她完全沒有反應。過了一會兒，我終於意識到那鐵鏽的味道是什麼，還有在遙香身下展開的一片紅色並不是顏料。我抬頭，看見遙香方才撞到的桌角一片血紅。

「遙香……」

我癱坐在遙香身邊，茫然地看著她。她原本還有淺淺的呼吸，但沒過多久，她的呼吸就停止了。

遙香死了，但我只是坐在原地，動彈不得。是我的錯嗎？是因為我推了她，讓她失去平衡撞到桌角？但是遙香先攻擊我的，她先打我，勒住我的脖子，我這是自衛吧？不是我的錯，都是遙香，都是因為她說了那種話。

我的夢想破碎了，就像我的身體被撕裂一般，只留下焦躁與痛楚，而我知道那會伴隨著我的一生。可是沒關係，只要遙香還在，只要她還能展翅高飛，我就可以忍耐這股疼痛，忍耐無可名狀的空虛，忍耐行屍走肉般的後半生。但是遙香不僅陷入創作低潮，還墮落成只知道索求認同與金錢的犯罪者，她甚至貶低我，辱罵我，說出我最不想聽到的話。

都是遙香的錯！是遙香先做了壞事，卻想怪到我頭上。不是我的錯！

光潔的白色大理石瓷磚地板上，映照著我扭曲的臉孔，似哭似笑，就像是醜陋的怪物，也像是遙香被發現她的犯罪時的臉孔……

「後腦杓撞到桌角。大概是撞到的地方不太好，導致顱內出血，穗坂遙香就這樣死了。」我聽到小波渡不帶任何感情的聲音說：「所以妳的怪奇體驗是在穗坂遙香死亡以後發生的吧。殺死穗坂遙香，讓妳和〈黑夜〉起了共鳴……」

「我沒有殺她！我不是故意的！」我抬起頭大聲反駁。

小波渡淡色的雙眼還是沒有表情：「當然，如果是故意的就是蓄意謀殺了。不過，這叫做過失殺人吧。」

她又說：「一之瀨小姐，妳認為妳可以逃得了嗎？再過不久，穗坂遙香的家人或朋友就會因為聯絡不上她而去找人，發現在妳們家的浴缸裡……」

我為什麼會做這種事呢？從〈黑夜〉的幻境中醒來，我發現大事不妙，而遙香的屍體已經變得冰冷僵硬。就在這個時候，我接到了小波渡打給遙香的電話。對了，我還有〈黑夜〉呀。把〈黑夜〉的真跡賣了，拿了這些錢，我就可以逃離這一切。

我將遙香的屍體放在浴缸內，帶走〈黑夜〉的真跡，來到北海道。我向公司臨時請了積存的年假，至少可以拖延個幾天。我知道遙香有一個妹妹也在東京工作，但妹妹平常跟她鮮少聯絡的，應該一時之間也不會被發現。來到北海道以後，我每天都透過手機搜尋，看有沒有在自家浴缸內發現插畫家屍體的新聞，但什麼都沒有。

遙香。遙香還在浴缸裡。

我讓她一個人待在浴缸裡。

「妳……早就知道了嗎？」

我說完體驗的那個晚上，小波渡曾說，「或許我們之中有殺人兇手」。誠一郎和由樹子以為她說的是會川自殺的案件，理所當然地認為我們之中不會有殺人兇手。但如今我知道了，小波渡是在暗示我，她知道我是殺死遙香的兇手。

「知道什麼？知道妳帶來的〈黑夜〉不是真跡？還是知道妳不是穗坂遙香？或是知道妳就是殺害穗坂遙香的兇手？」小波渡流暢地說。

原來我其實這麼破綻百出嗎？我不禁吞了口口水。

「我說明一下吧。確實沒有實際見過穗坂遙香的人，一開始的時候都不會懷疑妳的身分。妳們兩人身高和體型相仿，髮型或許有點不同，但因為外型和氣質很相似，被誤認的可能性變高的。一之瀨小姐，妳之所以認為妳假冒穗坂遙香可以行得通，大概是因為以前有好幾次被別人說過妳們兩人看起來有點像的經驗吧？」

我沒有動作，沒有表示承認或是否認。但或許從我的眼神，小波渡已經得到了答案。

她繼續說：「我剛開始的時候也沒怎麼懷疑，第一次在安村站見到妳的時候，只覺得妳的臉色不太好。我以為妳跟會川先生一樣，在陷入創作瓶頸後，身體狀況也跟著出問題。一個人因為身體和心理狀況的問題，而讓外貌出現變化，是常有的事情，所以就算我當時覺得妳看起來跟報導中的照片有點不像，我也沒有很在意。直到妳把〈黑夜〉拿出來。」

「為什麼？難道是妳一眼就發現那幅〈黑夜〉是偽作嗎？」

小波渡微微點頭：「我發現妳帶來的〈黑夜〉是偽作。但我的判斷方式不是像會川先生和濱田教授一樣，是經過長年對繪畫的研究所累積的經驗來判斷。我的判斷方式更簡單。」

「是……什麼？」

「那幅〈黑夜〉裡，沒有怪物。」

怪物？我愣住了，張開嘴直直地望著小波渡。怪物？她是在說什麼？〈黑夜〉裡的怪物……我想起在我的幻境中化身為我的母親的東西，在黑色爛泥堆中冒出來的人體，還有由樹子的幻境中化身為本間雄太郎小時候模樣的東西。那就是怪物？

「妳為什麼會……」

「本間老師的真跡裡有怪物，就是那怪物讓與它有共鳴的人看見幻境。這就是〈黑夜〉與〈白晝〉的祕密，就是這麼簡單，但也是因為這樣，本間老師才希望將這兩幅畫收回來。」

「等……等一下，妳說的怪物是什麼？」

「據我所知，怪物是從人心產生的，是人類在日常生活中的各種情緒波動的產物。它們沒有善惡之分，也沒有獨立的意識，只是依照產生這些怪物時的機制在行動。產出怪物的人不會知道自己製造出怪物，因為這個世界上只有少數人能看見怪物。若是製造出怪物的人有什麼激烈的情緒波動，怪物就會像是一個增幅器，會加速情緒的爆發，有時候也會波及周圍的人。」

小波渡的解釋有些照本宣科，又說得理所當然，彷彿這些事情是常識一般。只是，這到底是誰的常識？

「那……為什麼本間雄太郎的畫裡會有怪物？」

「我想，本間老師的畫作就像是一個通道，可以凝聚人心細微的情緒浮動與惡意，並產生怪物。所以本間老師畫作裡的怪物，並不完全是像我剛才說的，是從某個特定的人的情緒波動所產生的，而是捕捉到了飄浮在空氣中的情緒，思念、怨恨、執著、愛戀、衝動，然後以畫作為媒介，製造出怪物。這是一種並非出於本間老師個人意志的意外產物，而這種怪物，會在遇到有共鳴的人時發動力量，非常有趣。」

哪裡有趣？這個人到底是以什麼樣的心態在聆聽我們的怪奇體驗？

「妳說的共鳴到底是指什麼？」

為什麼由樹子、誠一郎、會川還有我會看見幻境？我不覺得我們有什麼共同點。

「我起先也不清楚，但在聽過你們的體驗談後，我想，〈黑夜〉與〈白晝〉內的怪物的運作機制，應該就是會與心有愧疚的人產生共鳴連結吧。」

「心有愧疚？哪裡？」

我自己就算了，但其他三人有什麼愧疚之處？我一時之間忘了自己的處境，只是好奇地望著小波渡。

「人類有時候真的很有意思呢，」小波渡說著勾起嘴角：「在講到自己的事情時，往往會下意識避開一些對自己不利的描述，這可能是一種心理上的防衛機制吧，怕要是提及自己的錯誤，會引發心中的罪惡感，或者也可能是不想在外人面前承認錯誤而已。」

「妳在說什麼？」

「妳沒有發現嗎？一之瀨小姐，」小波渡說：「他們三人在描述自己的體驗時，其實都有意無意地忽略掉一些事情，或是連自己都沒有意識到一些事情。重點不是他們說了什麼，而是沒有說什麼。」

沒有說什麼？他們沒有說什麼？

由樹子的體驗中，她提到最多的是自己當年對因為經濟不景氣，造成丈夫畫作銷售數量下降的擔憂，還有她放棄藝術家夢想的悔恨與憂慮，而她沒提的事情是……

「妳不覺得有幾個地方很奇怪嗎？由樹子女士在幻境中回到大學時期，與朋友們一同去學校附近的廟會，不過，與她相約在鳥居下見面的人是飯田和久仁，而不是她未來的丈夫本間雄太郎。」

我想起來了，由樹子先是在鳥居下與飯田會合後，才一起去找其他三個友人。我當時沒有想太多，只是覺得從她的描述中，她與本間雄太郎似乎沒有很親近。他們不是從大學就開始交往，後來進而結婚的嗎？

對於我的疑問，小波渡說：「不是，由樹子女士是在畢業後才開始跟本間老師交往的。其實她大學時期的男朋友，是飯田和久仁。」

「是這樣子嗎？」我驚奇地說：「可是由樹子女士為什麼都沒有提到這件事？都過去這麼久了，好像也不需要刻意隱瞞她以前跟飯田先生交往過的事情……」

等等，這難道就是小波渡說的刻意不提的事情？但由樹子為什麼刻意不提她曾經與飯田交往過？

「為什麼她沒有說明這件事情呢？應該是因為由樹子不想讓人知道，其實二十五年前，她有怪奇體驗的時候，她和飯田和久仁在搞外遇吧。」小波渡以輕鬆的語氣說出了炸彈發言。

「外……外遇？和飯田先生？」我不禁瞠目結舌：「妳為什麼會知道？」

「那個時期的由樹子女士非常焦慮。她心中一方面對於自己不得不放棄專業藝術家的工作，成為家庭主婦這件事情感到不甘心，另一方面又憂心於丈夫的繪畫事業可能會受到經濟不景氣的影響，這種種內心的煎熬，讓她忍不住向以前的男朋友飯田先生訴苦。不過對方也是跟本間老師一樣，是受到經濟不景氣影響而銷路不佳的日本畫家，當時飯田先生也是已婚，但兩個人不僅有共同的焦慮，也有以往的情誼，所以就一拍即合了。

「那天飯田先生來訪，大概也是出於由樹子女士的要求吧，希望請他來看看本間老師的狀況，但飯田先生也是愛莫能助。」

「可是外遇……」

「妳記得由樹子女士是怎麼說的嗎？」小波渡無色的眼睛凝視著我：「她留下飯田先生吃中飯以後就送他回去，直到傍晚接近晚餐時間才回來。她送飯田先生去哪裡，需要這麼久的時間？」

原來如此。去了什麼地方，由樹子也刻意不提，這個刻意反倒令人起疑。

「由樹子女士那時候會進入黑夜的幻境，就是因為她和飯田先生的外遇讓她心懷愧疚。」小波渡說。

或許由樹子之後帶著兒子回娘家，自己又入院治療後，就與飯田和久仁切斷關係了，但她依然不想說出當年外遇的事情。因為外遇就是她的愧疚。

那誠一郎呢？我努力回想誠一郎的體驗說了些什麼。他小時候回到母親娘家，但母親隨即住院不在身邊，讓他覺得難以融入學校與當地的生活，沒有朋友而覺得寂寞的孩子偷偷撿小狗回去養，但小狗卻被大水沖走而淹死。

「誠一郎先生的狀況，莫非是小狗的事情？」

小波渡點頭說：「應該是如此，即使他也知道小狗被水沖走淹死不是他的錯，他還是覺得心生愧疚。」

「等一下，妳說那不是他的錯？」

「誠一郎先生也說，那時候下大雨淹水後，其實庭園後門的水溝的水位雖然漲高不少，但並沒有淹沒後門一帶。也就是說，如果小狗當時躲在庭園後門的圍牆邊，其實是不至於被水沖走的。但為什麼還是被水沖走了呢？小狗是否因為什麼因素而接近水位高漲的水溝？」

誠一郎說了什麼，又沒說什麼？對了，我想起來還有一個誠一郎自己也沒有解釋的疑點，那就是二十年後與小學同學寺田高志再會時，發現兩人記憶上的差距。為什麼會有這種差距？

「寺田高志說，誠一郎先生曾告訴他小狗被水沖走了，但牠的食碗卻被放在水溝對面的斜坡樹林上，而誠一郎先生不記得這件事情。那麼，是誰把小狗的食碗放到水溝對面的？」

「不是誠一郎先生吧？他說過前一天晚上自己都在玩遊戲。」我說。

「不是他。但有一個人，前一天晚上曾經去庭園後門巡視過，因為以前也曾發生過嚴重的淹水。」

「啊！」

雖然我的記憶有些模糊，但我記得誠一郎說，第二天早上，在餐桌前，有個人說「昨晚」去後門看過……

「佳代子女士……」

「我不知道那位佳代子女士為什麼要把小狗的食碗拿到水溝對面，或許是因為她知道堂島家的當主很討厭動物，如果被發現誠一郎先生偷偷在這裡養小狗，可能會發脾氣吧。她想要讓小狗儘量遠離房子，所以在水溝的水位還沒高漲到淹沒架設在上面的木板橋前，將食碗移到對面去，甚至她可能也將小狗抓過去了。

「但是後來水流高漲，淹沒了木板橋。如果小狗被抓到對面的樹林，可能是因為想回來更接近主人的地方，所以冒險跳入水中，但如果小狗還留在後門圍牆邊，則可能是想要吃東西而試圖跳到水溝對面。但不管是哪一種，小狗都被沖走了。」

我的腦海中不覺浮現黃毛黑嘴的小狗在黃濁急流內載浮載沉的模樣。

「誠一郎先生其實知道是佳代子女士做的？」

「應該知道，因為後來佳代子女士幫他向外公爭取養狗，就是想要補償這件事情。他其實多少已經發覺了，只是他可能不是很想承認，或者說，當時的愧疚感與罪惡感讓他忽視了這件事情吧。」

那麼會川呢？會川的體驗中，我只記得那離奇的不斷重複的夢境，至於他說了什麼……

我記得他其實算頗為誠實，說出了自己因為什麼原因而不再做裝置藝術，他和藝術經紀人的決裂，和妻子離婚，還有呢？

「會川先生確實交代了許多他當時面臨的狀況，但只有一件事情說得不是很詳細。」小波渡眨眨眼說：「他說在預備校和學生面談時，曾聽到門外的走廊傳來有人怒罵的聲音，但他不知道那是誰在說話。之後每一次循環的夢境，似乎都是從他聽見這怒罵聲開始的。」

「難道他其實知道那是誰在罵人？」

「會川先生當然知道。因為，罵人的就是他自己呀。」

「啊，原來……」原來那股違和感是因為這樣。在會川的描述中，每次聽到那罵人的聲音，學生與同事就以尷尬又帶點譴責的眼光看著他。原來是因為說出那些話的人就是會川自己。

「那天的會川先生，心情大概非常不好。幫本間老師布展是身為學生的職責，但是看到本間老師的作品，又讓他再度領悟到這個世界只需要一個本間雄太郎，而自己不管怎麼做都無法超越老師，與經紀人永倉的爭吵與決裂也讓他更感受到自己已經被藝術界放逐，無法回頭了。

「再加上他看到學生的狀態與回應，簡直就是自己的縮影吧。明明是自己沒有才能，卻總是怪別人不懂得賞識，明明是自己的決定，卻又要怪是環境的捉弄，所以他才忍不住說出那些話來。那些話其實是他想對自己說的，然而身心狀態都很脆弱的學生卻受到影響，真的自殺了……」

我想起誠一郎告訴我的傳聞，說會川在東京時曾有他殺過人的謠言，或許指的其實就是這件事情吧。這就是會川的愧疚，他無法忍耐而發洩出來的情緒性話語，斷送了一個年輕學生的性命。

「會川先生其實很可惜，他或許在創作上沒什麼才能，但是對藝術品的鑑定與研究卻有獨到的能力與品味，只是他想做的事情與真正擅長做的事情不一樣，命運真是作弄人。學生的事情也讓他感到很遺憾，而他懷抱著這愧疚感十年，最後以跟學生同樣的方式自殺……」

「可是等一下，那天晚上參加座談會，說出體驗的，真的是會川先生本人嗎？」我想起法醫鑑定的死亡時間，與我們看見會川的時間並不符合。「如果那個不是會川先生本人，那他說的體驗可信嗎？」

「我說過了，怪物其實沒有自己的獨立意識，如果它表現出有獨立意識的模樣，也是因為跟某個人有連結。」小波渡平靜地解釋：「如果那天晚上出現在座談會上的人不是真的會川先生，那也應該是會川先生意志的化身，所以它所說的體驗是可信的。」

小波渡這是在間接承認那天晚上出席座談會的人不是真的會川嗎？如果真是如此，我只覺得戰慄，我們那天晚上竟是跟一個有會川的意志，但卻不是會川的人說話，而在同一個時間，會川可能早就已經殞命。小波渡都沒有感覺嗎？

「而妳呢，原因應該很明顯，」小波渡又說：「穗坂遙香死了之後，妳就進入〈黑夜〉的幻境。」

那冰冷的眼睛。我察覺到自己其實一直在發抖，我得用力地握住雙手，抑止顫抖，才能好好開口說話。遙香的死是我的愧疚。不管我如何怪罪他人，推卸責任，都無法改變是我推開遙香，讓她跌倒撞到桌子的事實。不管我如何逃避，灑在遙香身上的松節油的味道仍會一直糾纏著我。

「……為什麼會變成這樣？我到底做錯了什麼？」

我當時不該推開遙香嗎？不，我如果能更關心她一點，是不是可以及早發現她在賣假畫的事情？還是更早一點，在遙香陷入創作低潮時，就先跟她好好談一談？或者我其實根本就不該放棄作畫？

這一次，對於我的問題，小波渡並沒有正面回答。而我不管怎麼回想，怎麼尋找一個原因，就是沒有答案。

「……如果有答案的話，那該有多好呢。」我聽到小波渡輕聲說：「就是因為沒有答案，才會產生怪物吧。」

對無法預測的人生際遇的恐懼，讓人散發出種種恐慌、焦慮、惡意、哀傷的情緒，凝結成了怪物。

「本間老師似乎從以前就是能看到怪物的人，因此他的畫作才會有那種非人般的氛圍，這也是會川先生、妳，和穗坂遙香模仿不來的地方。」小波渡解釋：「但是他後來被怪物影響越來越大，變成了只知道作畫，幾乎沒有生活能力的人。也因為這樣，他的畫作成了產生怪物的通道。本間老師在過世前用僅剩下一點的個人意志指名這間美術館要收藏所有會產生怪物的畫作，或許是希望可以減少被怪物影響的人吧。

「而誠一郎先生似乎有些遺傳到本間老師的體質，雖然不至於看得到，但他對怪物的存在比較敏感，不過他會下意識地刻意去避開和忽略，這大概也是他堅持不想跟父親一樣成為藝術家的原因。」

我抬頭，看著小波渡那張依舊面無表情，如白色大理石雕塑的端整臉孔。

「那妳呢？妳也是能看見怪物的人？」

「我？」小波渡說：「我只是一個對怪物有興趣的人。」

「興趣？」

「怪物是怎麼產生的呢？一個人受到什麼樣的壓力、創傷，與疼痛，才會產出怪物？」她說著揚起嘴角：「妳不覺得很有趣嗎？」

這不是我第一次看到小波渡的笑容，但卻是第一次我覺得她真的打從心底感到愉悅。那雙近乎無色的瞳孔綻放出興奮的光芒，閃亮的銀月如某種妖異，讓我渾身顫抖。原來，這個人的眼睛跟本間雄太郎一樣，看見的不是某個人的表像，而是這個人心底的幽暗與純粹，能夠製造出怪物的本質。

「……怪……怪物是……」

「一之瀨小姐，妳以為自己就不會製造出怪物嗎？妳不曾嫉妒過穗坂遙香的才能嗎？妳不曾怨恨過打壓自己的母親嗎？妳不曾憎恨過自己的平庸嗎？」

我怨恨過。遙香說得沒錯，或許看到她的低潮與墮落，我也有幸災樂禍的心情。妳終於下降到跟我一樣的位置了，嘗到我也曾嘗過的苦澀滋味了。我感覺我的胃冰冷而沉重，是因為我的嫉妒而讓我放任遙香繼續墮落下去。

「妳殺了自己的戀人，不會感到愧疚和害怕嗎？」

遙香，原諒我……請妳原諒我……

「……騙人的，都是騙人的，才沒有……怪物……」我泫然欲泣地說，全身顫抖到幾乎說不出話來。

「妳明明就知道我沒有騙人，一之瀨小姐。」小波渡說，總覺得她的語氣頗為愉快。

「還是妳想要看到證據？」

忽然覺得四周暗了幾分。小波渡原本就站在陰影中，此時卻覺得她的周圍變得更陰暗了，陰影遮住她的上半身，連那雙白亮的眼瞳都暗了幾分，閃著灰藍色的光芒。相較之下，她的下半身與腳邊的陰影顯得格外清晰，尤其是影子，那黑色濃重如一潭濃稠的黑水，我甚至覺得好像在緩緩地蠢動著。

蠢動著？

我想起我在幻境中看到的濃稠黑色爛泥，該不會……我驚駭地看著小波渡腳邊的影子。

「不用驚訝，妳看過的，不是嗎？」小波渡說。

她輕輕動了一下右手，落在她右邊的影子隨著手的動作鼓了起來，好像那團黑影會依循她的意志而作動，那下面似乎有什麼東西要衝破黑色的膜而露出來。我依然維持著坐倒在地板上的姿勢，動彈不得地看著眼前的景象。這怎麼可能？我在幻境中嗎？還是在做夢？

緩緩地從黑色影子中冒出來的，是一個乳白色的東西。那東西往上升高，逐漸看清了全貌，看起來有點像人型，卻又說不上是人型。有一個渾圓的頭部，但是沒有五官，頭部以下的部分像樹幹，軀幹上長出如枯枝般的東西。通體是乳白色，但仔細看又有些斑駁的色彩，虛虛實實地分布在軀幹的表面。

「這……這是……」

「妳也見過的，這是〈白晝〉。」小波渡說。

這就是〈白晝〉？我不敢相信自己的眼睛，但是我看到了，那如枯枝般的東西在顫動，這個乳白色的東西就像生物一樣扭動著。這個女人，竟然把〈白晝〉收在自己的影子裡？她到底是什麼人？

「妳……妳到底想要做什麼？妳想要從我這邊得到什麼？」我忍不住大吼。

「我說過了，我只對怪物有興趣。」小波渡平靜地說：「妳是不是殺人兇手，殺了幾個人，都不關我的事。我只是想要〈黑夜〉，還有妳的怪物。」

「我的……怪物？」

「妳不想看看自己的怪物長什麼樣子嗎？」平板的語氣卻帶著一絲愉悅。

我不覺轉頭向左，看著自己的影子。

不知道為什麼，我的影子也變得又濃又黑，彷彿一潭濃重的黑水。那黑水正在緩慢地起伏，鼓動著，好似底下有什麼東西，正要衝破黑色薄膜顯露出來。

我不禁吞了一口口水，眼光緊盯著那潭黑水。

06

我打開門，門後一片陰暗。雖然現在是大白天，但因為室內沒有開燈，所有房間的窗簾也都拉上了，因此眼前飄浮著一片深灰的色素，遮蔽了視線。

「我進來了。」我對著空無一人的室內說話，進入玄關，脫了鞋子以後才開燈。

室內飄著淡淡的灰塵氣味，但木頭地板還算乾淨，畢竟上週有稍微打掃過，應該不至於太髒。今天來這裡，我打算繼續收拾客廳的書櫃與房間衣櫃內的衣物，至於工作室裡的那些顏料與作畫工具等物品，之後就打算全部打包丟掉了。畢竟我用不上，我想也不會有人想要接手。

我進入客廳，打開燈後又拉開窗簾，讓外頭的陽光照進來，黑暗彷彿被驅逐一般躲至角落。這白亮也讓我鬆了一口氣，原本緊繃的肩膀終於放鬆了下來。空氣中還有一點淡淡的松節油的氣味，還有，總覺得還有一股腐敗般的甜膩味道。意識到這件事情，我又覺得胃開始不舒服，有點想要作嘔。但不是的，這只是我的錯覺，應該都已經清乾淨了，不會有味道的。這是我的錯覺。

我甩甩頭，想要揮去那纏繞著鼻腔的甜膩氣味。別想了，不要去想那一天的事情，我告訴自己。我環視眼前的客廳與廚房，強迫自己的意識集中在打掃與收拾上。

這是一間二房二廳的公寓，小巧的廚房，搭配適度空間的客廳。客廳擺著米色的木質沙發，其餘的家具如客廳桌、書櫃、餐桌等也都是淺色木製，書架上擺著各種各樣的美術書籍，木櫃上有幾個極具特色的木頭雕刻擺飾，各處擺放著大小不等的綠色植栽，一切都隱隱透露出居住者講求簡約與藝術性的品味。

而客廳的牆上掛著一幅大型油畫，畫著一個美麗女性的側面。根據我的印象，這應該是姐姐的得獎作吧。客廳裡的大多數東西，包含那些書籍和擺飾，應該都是要丟棄或回收的，只有那幅畫，非得留下來不可。

但畫作可能得要留到最後才處理，我得先把決定要丟棄的東西打包。今天就來處理書架上這些美術書籍吧，裝箱之後送去舊書店，據說美術書籍比較貴重，應該可以賣一個不錯的價格。

我從自己的袋子裡拿出剪刀和膠帶等打包工具，以及自己帶來的幾個拆開的紙箱，正打算開始要準備裝箱時，手機響起訊息的聲音。我拿起手機，瞥了一眼傳來的訊息。

「千夏，妳什麼時候要來上班？已經幫妳排好班了，妳要知道，如果再不來上班妳就……」

才一看開頭我就知道是藤田店長，接著反射性地把訊息關掉。我把手機放在客廳桌上，刻意放得離我稍有一段距離。那個傢伙，以為我不知道他打什麼主意嗎？今天可是週六。我也知道再不去就糟糕了，但我實在是不想再去那種地方工作。

我刻意不看手機，轉頭專心將紙箱回復原狀，接著開始把書架上的這些美術書籍一一裝箱。只有這單純的作業才能讓我忘記那些煩人的事情，可是待在這房間內，這間姐姐與她的同居室友一之瀨優奈曾經一起生活過的房間，仍讓我不由自主地想起一個月前的事情。

一個多月前，我終於打電話給約莫有半年沒聯絡的姐姐，說有事情要找她商量。半年多前，我最後一次見到姐姐的時候，知道她似乎還沒有從創作的低谷走出來。

姐姐從小就有藝術方面的才華，她也很早就立志要走這一條路，我和父母都很支持她，那樣耀眼的姐姐一直是我的驕傲。而姐姐果然是有才能的，她在念藝術大學時就受到各方注目，畢業後也如願成為專業插畫家，後來還得了獎。

相較之下，也到東京念書的我只勉強進了一個普通的私立大學，畢業後也只在普通的企業當一個OL，過著不起眼又平凡的生活。不過我沒有因為這樣而感到自卑，畢竟我跟姐姐追求的是不同的事情，她會在藝術上發光發熱，而我只希望可以組織一個平凡的家庭，跟心愛的人還有孩子一起生活。哪個日本的女生不是這樣想的？但即使平凡，這也是我的夢想。

只是我們都沒有想過，三年前姐姐因為過勞而病倒後，就陷入了創作的瓶頸，而且一直持續到最近，都沒有復原的跡象。半年前與姐姐見面時，只知道她還是無法創作，但似乎有在畫一些東西，據她說是一種復健。奇怪的是。我知道最近這一年，姐姐幾乎沒有接案了，生活方面多半是靠同居室友優奈小姐的支援，可是那天姐姐跟我見面時，出手卻是蠻闊綽的，不僅帶我去吃價格不菲的法式餐廳，還拉著我逛了好幾家在青山的服飾店和首飾店，而這些店家的商品都不便宜。

我好奇地問了姐姐她的金錢來源，但她只是隨口說：「是我以前存的錢啦，妳也知道我之前接了不少案子嘛。」

即使如此，姐姐好像還是表現得太大方了點。明明已經一年以上沒有經濟來源了，之後什麼時候會有收入也不知道，但她卻一副毫不手軟地大手筆花錢的模樣。姐姐以往應該是更謹慎一點的人才對呀。

我內心雖懷抱著這些疑問，但即使是姐妹，也是有不可隨意侵犯的隱私，姐姐看起來也不是很想談這件事情的樣子，所以我就沒再追問了。半年後，我遇到了一些問題，想起姐姐當時出手闊綽的態度，我抱著一絲希望，打了電話給她，想要跟她商量我的問題。

但當時姐姐的態度有點匆忙，只告訴我：「抱歉，千夏，我最近有點事要處理，過兩天再跟妳聯絡，好不好？」

我記得，那天是八月二十六日。隔了三、四天，我一直沒有接到姐姐的聯絡，再試著打電話給她，但姐姐沒有接電話。姐姐應該是有什麼緊急事情要處理吧，所以這幾天都沒辦法接電話，我這樣告訴自己。可是隨著時間過去，我越來越不安。一方面是我這邊的問題變得越來越緊迫，另一方面，以往就算姐姐再忙，也不會連續這麼多天不接電話。

而奇怪的是，我也試著打電話給優奈小姐，但她也一樣沒有接電話。兩人的電話都沒有斷線，但卻不接電話。這實在是太詭異了，該不會出了什麼事？我開始覺得焦慮了起來。

大約又過了一週多後，因為始終聯絡不上姐姐與優奈小姐，我終於下定決心，在下班後去姐姐的公寓看看。姐姐和優奈小姐住在中目黑的公寓大樓，我去過一、兩次。離開車站後，憑著記憶順利地找到了地點。

當我來到她們居住房間的樓層時，意外的是，我看見一個穿深藍色細條紋西裝的男人就站在門外打量著。我不禁停住腳步，愣愣地看著那個男人。

男人也發現我了，他的臉轉向我。我看清楚他是一個年約四十多歲的中年男子，一身合身的西裝，微蜷的頭髮以髮蠟抓出造型，戴著黑白色交錯的粗框眼鏡。雖然這個男人一身上班族的打扮，但身上一些小裝飾與氣質讓我覺得，他大概是跟姐姐和優奈小姐同一類型的人。

男人露出一副試探的表情對我說：「請問妳住這裡嗎？妳是一之瀨優奈的室友，穗坂遙香小姐？」

這個人是來找優奈小姐的？

我趕緊說：「不，我是穗坂遙香的妹妹，我叫穗坂千夏。請問你是來找優奈小姐的嗎？」

男人點頭，又皺了皺眉頭，一邊從公事包裡掏出銀色的名片夾，抽出一張白色的名片遞給我。「我是一之瀨優奈的上司，榎本慎司。一之瀨之前請了十天的年假，前幾天應該要回來上班了，但是她沒有出現，也聯絡不上，所以我才想過來她家裡看看……令姐，穗坂遙香小姐在嗎？」

我搖頭：「我最近也聯絡不上姐姐，所以才想今天過來看看的。」

「是這樣嗎？」榎本苦惱地說：「我剛才按門鈴，沒有人應門。真是奇怪了，怎麼會兩個人一起失聯呢？是不是發生什麼事了？」

我也試著按門鈴，敲門，但門後一點動靜也沒有，也未感覺到有人的氣息。那時候是晚上，我跟榎本也擔心會影響到其他住戶，所以我們來到一樓的管理室詢問。

六十開外的管理員記得姐姐與優奈小姐，但他也說：「感覺這一陣子都沒看到她們兩個呢。以前頭髮比較短的小姐天天都會出門上班，但這幾天都沒看到了。」

榎本轉向我問：「令姐會不會回老家了？」

「我跟父母確認過，姐姐沒有回去，也沒跟他們聯絡。」我只是打電話回家旁敲側擊地問一下，還不敢告訴他們我聯絡不上姐姐。但從管理員以及榎本說的話，可以知道這兩個人已經消失了十天以上，有可能她們一起離開去哪裡了嗎？就算是這樣，為什麼沒有跟身邊的任何人說呢？

「優奈小姐的狀況……」

「一之瀨留下的聯絡資料只有穗坂遙香小姐的電話。」榎本說。

優奈小姐難道跟家人沒有聯繫嗎？我不是很清楚她的事情，我只知道優奈小姐和姐姐是大學同學，而雖然沒有公開，但兩人是情侶的關係。這在藝術界似乎並不是什麼稀奇的事情，但我們的父母畢竟是比較保守的年長者，所以姐姐選擇不告訴他們真相。對我來說，不管姐姐的戀人是男還是女，她都是我的姐姐。

姐姐和優奈小姐已經在一起很久了，兩人從大學畢業以後就一直同居到現在。就算不是公開的關係，事到如今還會私奔嗎？姐姐和優奈小姐是這樣個性的人嗎？

在我思索這件事情時，榎本又對我說：「一之瀨和室友一起失聯，實在太奇怪了，我有點擔心。穗坂小姐，妳是家人，可不可以請妳向房東提出要求，讓我們進入房間看看呢？」

對了，還有這個方法。我趕緊請管理員幫忙聯絡房東。房東得知狀況後也覺得擔心，因此爽快應允，不過房間的備份鑰匙在房東身上，而他第二天才有空過來，所以我與榎本和房東約定好，第二天下班後再過來這棟公寓會合。

我有時候也會感到後悔，那時候是不是該堅持請房東當天晚上過來呢？但事後想想，就算早一點過來也沒什麼用。畢竟，木已成舟。

第二天傍晚下班後，我匆匆趕到姐姐居住的公寓，和榎本與房東會合。我們三人在管理員的陪同下一起去開門，門一打開，我就本能地感到一陣戰慄。我想其他幾個人應該也是一樣，因為不管是房東足立先生還是榎本都遲疑了一會兒，才踏入玄關。

一進入玄關，我就聞到一股氣味，雖然不是很強烈，這是一種臭氣中帶著甜膩的味道。姐姐家中怎麼會有這種味道？這味道有點像……動物的臭味？我不覺看向榎本，他也皺了皺鼻子，露出有點嫌惡的表情。足立打開玄關的燈，可以看到室內空無一人。

「這是什麼味道？」足立喃喃地說，踏進房間內。

姐姐是插畫家，畫作以油畫為主，我早就習慣了油畫顏料與松節油的刺激氣味了。但現在飄蕩在室內的這股氣味卻完全不同，是一種完全不熟悉的味道，且給人不祥的預感。

「我覺得浴室這邊的味道比較重，該不會……」榎本說著往浴室的方向走，他一拉開門，眾人都感覺到那氣味更強烈了。

榎本臉色鐵青，但仍伸手打開燈。燈光亮起來後，我看到洗手台和角落的洗衣機，一旁放著一個空的洗衣籃。而那味道明顯是從浴間傳出來的。我們三人對看，從他們的臉色，我也可以知道自己現在大概是什麼表情。各種糟糕的念頭在腦海內湧現，我覺得胃部沉甸甸的，身體的內側湧上一陣冰冷的暗流。

大概是感覺到自己是房東的責任，足立鼓起勇氣走向前，拉開浴間的拉門。

下一瞬間，足立和榎本同時後退，我聽到自己的嘴裡發出一陣悲鳴。那兩人匆忙地離開浴室，似乎有人在打電話，而我一陣腿軟，坐倒在浴室的地板上。雖然只是匆匆一瞥，雖然那張臉已經腫脹起來，但我馬上就認出來，躺在浴缸內的是姐姐。

可能已經一段時間了，屍體開始腐敗，臉和四肢都腫得幾乎不成人形，發出腐壞的臭味，但那是姐姐，是我的姐姐。在我這陣子一直打電話找她的期間，她就在這個浴缸裡，沒有人知道，沒有人發現。我雙手遮住臉哭了起來。

關於後來發生的事情，可能是因為衝擊太大，我的記憶一片混亂。我只記得大概是榎本還是足立報了警，不久之後警察過來蒐證，訊問，接著把姐姐的屍體搬走。他們說，可能有他殺的嫌疑，所以要保留現場一段時間，我記得足立聽到這段話時露出苦悶的表情。

警察問了我和榎本很多問題，但我那時候可能有點語無倫次，也不知道回答了些什麼。我整個人都很恍惚，只想著為什麼？為什麼姐姐會變成那個樣子？我該怎麼向父母說明？浴缸裡只有姐姐，那優奈小姐呢？

第二天，父母從石川縣趕來東京，和我一起處理姐姐的後事。警察告訴我們，法醫驗屍的結果是，姐姐的後腦勺撞擊桌角，引起嚴重的顱內出血，應該是受傷後沒過多久就過世了。姐姐摔倒的地方是她的工作室，而工作室內一片混亂，有爭執的痕跡與血跡。警察鑑定過後的判斷是，姐姐與優奈小姐可能因某些原因起了衝突，兩人在工作室內大打出手，姐姐摔倒（或可能是被優奈小姐推倒），後腦杓撞到桌角，因顱內出血而死亡。將姐姐的屍體搬到浴缸內的應該就是優奈小姐。

八月二十六日是我與姐姐通話的最後一天，優奈小姐在八月二十七日向公司請長假，而依照法醫的判斷，姐姐的死亡時間是在八月二十六日的晚上到二十七日的凌晨之間。那天之後，姐姐就在浴缸裡了。我想過無數次，我為什麼不早點採取行動？為什麼不早點到姐姐的公寓看狀況？如果我能早點反應過來，或許就不會讓姐姐一個人在浴缸內待這麼久了。

至於優奈小姐為什麼在姐姐死亡以後並不報警，而是將姐姐的屍體放在浴缸內後離開，警察的判斷是，優奈小姐應該直接或間接造成姐姐的死亡，所以想要逃亡吧。警察也試著追查優奈小姐的行蹤，發現她在八月二十六日晚上以信用卡訂了從東京到新千歲機場的機票，八月二十七日凌晨從提款機領了一筆錢。八月二十七日中午，新千歲機場的監視器捕捉到優奈小姐的身影，她後來似乎搭電車離開機場，在這之後就找不到優奈小姐的行蹤了。

優奈小姐在姐姐死亡後去了北海道，但為什麼是北海道？優奈小姐的老家在關西，可據說自從五年前她的母親過世後，她就沒有再回去關西。她的父母很早就離婚了，優奈小姐與母親一起生活，而父親有了自己的家庭以後，也很少與優奈小姐見面。母親去世後，優奈小姐就幾乎沒有其他親人了。

優奈小姐去了北海道以後的行蹤成謎。直到五天前，我接到警察的聯絡，說有人通報在北海道安村町的本間美術館看到優奈小姐，不過那時候，她自稱是穗坂遙香。

東京警察與北海道警察協作調查後得知，本間美術館想要收購姐姐手中的一幅畫，所以與姐姐聯繫。後來他們接到一個自稱穗坂遙香的人的聯絡，表示願意出售畫作，然後八月二十七日，那個人帶著那幅畫——〈黑夜〉，出現在北海道的本間美術館。那時候本間美術館的人似乎都認為那就是穗坂遙香本人，但他們看了照片以後，都指認來到本間美術館的人其實是一之瀨優奈。

可是，本間美術館的人又說，優奈小姐已經在九月十日離開美術館。而警察不管如何調查，都找不到優奈小姐離開美術館以後的行蹤。

優奈小姐究竟去了哪裡？為什麼她要假冒姐姐的名義前去北海道？她跟姐姐的死亡有什麼關係？警察告訴我他們還在繼續調查，但也暗示，他們會同時確認北海道的無名女屍。他們是認為優奈小姐會自殺嗎？

不管如何，姐姐都不會回來了。

警察蒐證結束後，足立請專業人士來將浴室和有極大可能是事故現場的工作室給清理了一遍，現在已經很乾淨，沒有氣味，也沒有血跡了。後來足立與我聯絡，說這個房間因為出過事，暫時不出租，他要我來清理姐姐留下的東西。至於優奈小姐，據說足立與她的父親聯絡上，但她父親說，等我清理完姐姐的東西以後，他會找人來把優奈小姐的東西全部丟棄。

我來這裡清理了幾次，發現不少姐姐與優奈小姐生活的軌跡。雖然要丟棄或回收的東西不少，但我還是想留下一些屬於姐姐的物品，當作我們一家人的回憶，例如牆上那幅得獎作。可是，優奈小姐的父親卻似乎不想要留下任何有關女兒的回憶。沒有人想要記得優奈小姐嗎？

我裝了第二箱書，看看書架上的書籍數量，可能還需要兩到三個箱子吧。我將已經裝好的箱子先搬至玄關附近，箱子非常重，因為美術書都是厚書頁精裝書，希望這些書可以賣個好價錢。然而，就算能賣掉，對於我的問題來說，那些錢應該也只是杯水車薪。我該怎麼辦呢？

我回到客廳繼續裝箱，但動作卻不知不覺慢了下來。

我找姐姐原本是想要跟她商量錢的事情。半年多前，我幫當時的男朋友三浦榮治作保，借了一筆款項，結果榮治跑了，留下我要還那筆不小的債務。我將僅有的少數存款拿去還債，但當然是不夠，信貸公司的人介紹我去風俗店打工。為了還債，我勉強去做了半年的時間，但實在受不了那種生活，可是如果不做這種高收入的工作，憑我的薪水根本無法應付債務和利息。

半年多前，我發現姐姐雖然已經一年沒有案子做，但卻似乎一點也沒為錢所苦，反而出手相當大方。當時我沒有馬上開口，因為我還是不希望由別人來幫我解決這些債務問題，畢竟是我自己笨，被男人騙了，而且我也不確定姐姐是不是真的還有錢可以借我。可是前一陣子我真的受不了了，每天白日上班已經身心俱疲，晚上還要去服侍那些男人，睡眠不足以及壓力讓我非常焦慮，我不由得開始逃避去風俗店打工，但當然那裡的店長不會放過我，每天傳簡訊與打電話騷擾。我終於受不了，才打電話打算向姐姐求援。卻沒想到姐姐出了這樣的事情。

現在該怎麼辦呢？我這個月以處理姐姐的後事為藉口，讓風俗店與信貸公司暫時不要來騷擾，但這藉口也用不了多久，我還是得想辦法還債。

之前處理姐姐的身後事時，我發現她的戶頭裡有一大筆錢，多到不像是一年以上沒有接案子的無業者，讓我驚訝也驚喜，原本以為可以用這筆錢解決我的債務。但警察卻告訴我，姐姐有製作一個叫做本間雄太郎的藝術家的偽作，並從中獲利的嫌疑。

姐姐畫假畫？怎麼可能？但是從警察給我看的證據，都證實了姐姐真的曾經製作假畫，並透過非法集團出售，警察已經逮到幾個幫忙牽線以及與非法集團有關係的人，他們也作證曾經與姐姐合作販售假畫。

我和父母都受到很大的打擊。那個才華洋溢的穗坂遙香，竟然在陷入創作的瓶頸之後，淪為賣假畫的犯罪者？警察也說，優奈小姐帶去北海道，打算賣給本間美術館的〈黑夜〉也是偽作，優奈小姐就是在發現那是偽作以後匆匆離開美術館。我不知道優奈小姐是否也參與姐姐的犯罪，或許兩人的爭執也跟這件事情有關。如今一個死了，一個失蹤，真相到底如何，沒有人知道。

對我來說，最失望的事情還是，我和父母都無法動用姐姐戶頭裡的錢，因為那有一大部分是賣偽作的錢，是詐騙的收入。但是我的債務該怎麼辦？我只能藉著處理姐姐的遺留物品，看是否可以賣得一點錢。可是賣日常用品實在是賺不了多少錢，還是只能賣姐姐的畫了嗎？我其實不太想賣掉姐姐的畫作，但為了湊錢，實在是沒有辦法，只是想至少，那幅得獎作得要留著。

書架終於清空了，我整理了五大箱的美術書籍，接下來得想辦法送去舊書店估價。我接著到臥房清理，之前已經丟棄了一些日常用品，但姐姐有一些頗為高價的首飾，我就先留下來打算以後拿去賣掉。至於衣物，因為姐姐與優奈小姐體型相仿，兩人以前似乎也都會互穿衣服，所以我實在是分不出來哪些衣服是姐姐的，哪些衣服是優奈小姐的。我想，只能全部包起來送去回收或丟棄吧。

我打開衣櫃，準備先清出一部分的衣服時，忽然有個東西從衣櫃的角落掉出來。與其說是掉出來，不如說是倒下來。我定睛一看，那是一個偏長方形的扁平東西，我很快就發現那是未裱框的油畫，正面朝下倒在地上。

姐姐大部分的畫作都放在工作室，我沒意料到竟然還有一幅畫放在臥室的衣櫃內。怎麼會放在這裡呢？我蹲下身，拿起油畫，但翻過來一看到正面，我愣住了。

這幅畫……我看過。警察告訴我，這幅畫就是〈黑夜〉。

漆黑的背景，樹林影影綽綽，一個女性站在樹林前，直視前方。我屏息地看著這幅畫好一會兒，〈黑夜〉確實有吸引人的特質，畫中女性的視線直接與觀畫者對望，滿溢著某種不可理解的感情，不管從哪一個角度觀看，都會覺得女性的那雙眼睛彷彿在盯著自己。深沉的背景濃厚，給人一種窒息的感覺，但仔細一看，卻似乎可以看到點點星光，遙遠地綻放著微弱光芒，飄渺但非常美麗。

真是一幅不得了的畫作。寫實的人物描繪方法與姐姐的風格很類似，但姐姐筆下的人物卻沒有這種空靈的氣質，眼前的這個女性就彷彿是某種不存在於我們所知世界的生物。

不知不覺，我看著這幅畫很長一段時間，感覺好像要被這女性的眼神，背景的闇黑給吸進去一般。

為什麼這裡還有一幅〈黑夜〉？我記得警察說過，姐姐曾經擁有〈黑夜〉的真跡，後來她畫了好幾張偽作，而這些偽作和真跡應該都在警察搜索時被帶走了，為什麼還留下一幅呢？是因為被放在臥室的衣櫃裡，所以警察沒有發現嗎？這不可能。警察應該鉅細靡遺地搜索過了，他們不可能會只搜查工作室。這幅〈黑夜〉到底是……

忽然響起電話的聲音，我嚇得肩膀一抖，手中的〈黑夜〉差點掉下來。是我的手機電話鈴聲。我想起自己將手機放在客廳的桌子上，便匆忙走出臥室。會是藤田店長打來的嗎？但我已經設定他打來的電話轉靜音了。是誰呢？我拿起手機一看，發現是陌生來電。

猶豫了一會兒，我還是接起電話。

「喂？」

「您好，請問是穗坂千夏小姐嗎？」另一頭傳來清晰而平穩的女性聲音，聽不出來年齡，聲音感覺很年輕，但說話口氣又很穩重。

「我是，請問妳是？」

「我的名字是小波渡燈里，是北海道本間美術館的管理人之一。」

本間美術館？不就是說想要收購姐姐的〈黑夜〉，然後優奈小姐偽裝成姐姐的身分，帶著〈黑夜〉過去的地方嗎？本間美術館的人找我做什麼？還有，為什麼她會有我的電話？

「令姐，穗坂遙香小姐的事情真的很遺憾。」自稱小波渡的女性平靜地說，也感覺不出來她是不是真的很遺憾。「聽說還找不到一之瀨優奈小姐的行蹤？」

「是……是的。小波渡小姐是不是見過優奈小姐？」

「是的，當時她自稱是穗坂遙香，我們也都沒有懷疑，沒想到竟然是發生了這麼遺憾的事情……」

「優奈小姐之後到底去了哪裡？」

「我也不清楚。一之瀨小姐離開美術館以後，我們也沒有再見過她了。」

「這樣呀……」小波渡給的答案和警察告訴我的一樣，看來真的沒有人知道優奈小姐之後的行蹤。

「穗坂小姐現在應該正忙著處理令姐的事情，很抱歉在這個時期還來打擾妳，但我想跟妳談談〈黑夜〉的事情，不知道現在方不方便？」

〈黑夜〉？我的心跳了一下，眼光不覺看向方才為了接電話，被我隨手放在沙發旁的〈黑夜〉。怎麼會這麼剛好？

「……穗坂小姐？」

「是，我在。」剛才不覺發呆分心了，我匆忙回應：「請問是有關〈黑夜〉的什麼事情？姐姐手邊有的〈黑夜〉，不管是真跡還是偽作，應該都被警察帶走了……」

除了我眼前這一幅。

「我知道警察在搜索過後，拿走了遙香小姐工作室內的畫作，」小波渡說：「但事實上，他們帶走的〈黑夜〉全都是偽作，沒有真跡。」

「什麼？」這怎麼可能？那我眼前這一幅是……

「穗坂小姐，令姐的家中是否還有一幅〈黑夜〉呢？」

「這……這個……」

「穗坂小姐，妳應該知道，本間美術館本來就想要向遙香小姐收購〈黑夜〉的真跡。雖然後來很不湊巧，發生了這些憾事，但我們還是希望可以取得〈黑夜〉真跡。如今遙香小姐已經不在了，那麼身為妹妹的妳應該就是她的代理人了。我們希望可以跟妳討論一下和〈黑夜〉收購有關的事情。」

「可是，畫已經……」

「穗坂小姐，妳手邊有畫吧？」

我心中悚然一驚。她怎麼會知道？這間房間已經被警察搜索過，清潔人員和我也都來清理過，但之前都沒有人發現衣櫃裡還有一幅畫。這到底是怎麼一回事？

「我想，穗坂小姐，妳手邊這一幅畫很可能就是〈黑夜〉的真跡。要不要考慮一下呢？我們可以出一個很不錯的價錢。」

她說出來的價格讓我驚訝得合不攏嘴。這價格不僅可以清理掉我的債務，還可留下一點錢。我頓時覺得口乾舌燥，心跳加速，握著手機的手掌開始冒汗。這麼好的價格，難怪優奈小姐會不惜偽裝成姐姐前去北海道交易。如果有了這筆錢，我就不用這麼辛苦了，再也不用擔憂那些日夜來催債騷擾的電話與訊息，也不用去風俗店打工。我可以還清所有債務，還能留下姐姐所有的作品。

可是，我記得警察曾告訴我，如果我在清理的過程中發現任何與偽作有關的畫作或文件，都要先交給他們。

但是，這幅畫也有可能不是偽作，而是真跡呀。如果是真跡的話，那我應該可以交給本間美術館吧？畢竟那邊是專業人士，這麼貴重的畫作，讓他們保管，總比交給我這個外行人還要好吧？但第一個問題是，這真的是真跡嗎？

「小波渡小姐，請問一下，這真的是真跡嗎？」

「我只知道警察那裡並沒有真跡，所以留在遙香小姐家裡的那一幅畫是真跡的可能性蠻高的。」

「可是……」

「穗坂小姐，我想妳應該也有很多事情要忙，真是不好意思打擾妳了。」小波渡客氣地說：「但是請妳相信，我們是真心誠意想要跟妳談〈黑夜〉的收購，本間美術館無論如何都希望可以收藏這幅畫，不管是怎麼樣的條件，我們都可以商量。因此請妳好好考慮一下，我明天再給妳個電話，好嗎？」

「呃……好的……」

「希望明天可以聽到好消息。如果妳有想到什麼問題，就請妳回撥這支電話號碼。」

自稱小波渡的女性掛了電話，而我愣愣地站在原地，手中緊握手機，雙眼凝視著〈黑夜〉。

這是真跡嗎？小波渡說警察帶走的都不是真跡，那麼眼前這一幅應該就是了吧？我可以不需要向警察通報嗎？如果通報了，他們應該會先將畫帶去檢驗，不知道要過多久才能回到我手上，可是，我已經沒有時間了。

姐姐，我該怎麼做呢？為什麼偏偏在我這麼痛苦，這麼需要妳的時候，妳卻離開我了？

我感到一陣暈眩，回過神來，卻發現周圍一片漆黑。現在還是大白天，而我方才不是還將窗簾全都拉開，讓陽光照進室內嗎？等等，這是哪裡？

我發現自己站在一片昏暗中，只有我的周圍還可以稍微看清楚，約莫十步以後的地方，全都沉浸在黑暗中，濃厚得如同黑幕，彷彿世界在這之後不存在一樣。

這是怎麼一回事？我低頭，發現自己站在一條小徑上，這路徑向前延伸，沒入黑暗中。我的視線沿著路徑看向前，發現竟然有人影。那人也走在這條路徑上，腳步不快也不慢，毫不猶豫地往黑暗走去。那人看身型應該是女性，一頭長髮，手腳纖長，身姿搖曳，而且看起來很眼熟。

「姐姐？」

那是姐姐吧？頭髮的顏色與長度都跟記憶中的姐姐一模一樣，雖然看得不是很清楚，但那人似乎穿著姐姐以前常穿的一件素色長洋裝。那真的是姐姐嗎？姐姐，你還在我身邊嗎？

那人一直往前走，眼看著身影就要融入黑暗中了。

「姐姐！」我不禁朝著那身影喊道，邁開腳步追了上去。

釀奇幻 76　PG3003

黑夜與白晝

作　　者	Sanocon
責任編輯	邱意珺
圖文排版	許絜瑀
封面設計	魏振庭

出版策劃	釀出版
製作發行	秀威資訊科技股份有限公司
	114 台北市內湖區瑞光路76巷65號1樓
	電話：+886-2-2796-3638　傳真：+886-2-2796-1377
	服務信箱：service@showwe.com.tw
	http://www.showwe.com.tw
郵政劃撥	19563868　戶名：秀威資訊科技股份有限公司
展售門市	國家書店【松江門市】
	104 台北市中山區松江路209號1樓
	電話：+886-2-2518-0207　傳真：+886-2-2518-0778
網路訂購	秀威網路書店：https://store.showwe.tw
	國家網路書店：https://www.govbooks.com.tw
法律顧問	毛國樑　律師
總 經 銷	聯合發行股份有限公司
	231新北市新店區寶橋路235巷6弄6號4F
	電話：+886-2-2917-8022　傳真：+886-2-2915-6275

出版日期	2024年1月　BOD一版
定　　價	320元

Printed in Taiwan

讀者回函卡

國家圖書館出版品預行編目

黑夜與白晝 / Sanocon著. -- 一版. -- 臺北
市 : 釀出版, 2024.01
面； 公分.
BOD版
ISBN 978-986-445-891-2(平裝)

863.57 112020111